파리가 사랑한 카페

파리의 아름다운 순간은 카페에서 시작된다

파리가 사랑한 카페

최내경 지음

BOOKERS

일어나는 일은 아무 것도 없고
파리는 춥고 비가 많이 내리지만
유쾌하고 대단한 사람들로 가득한 곳이다.
모든 카페 테라스에는 작은 석탄 난로가 있고
이로 인해 모두는 행복하다.

-

어니스트 헤밍웨이

Prologue

예술의 도시 '파리' 하면 카페가 떠오르기 마련이다. 파리지앵에게 카페는 빼놓을 수 없는 일상이고, 파리 여행자들에게 카페는 파리의 정취를 마음에 담은 채 작은 설렘과 여유를 느낄 수 있는 곳이다.

역사적으로 수많은 화가와 작가, 철학자와 사상가들이 카페에서 많은 시간을 보냈다. 그들은 이곳에서 많은 사람들을 만났고 글을 써나갔고 그림을 그렸다. 그들에게 카페는 어떠한 공간이었을까?

나에게 있어 파리의 카페는 바쁘고 답답한 시간을 행복한 시간으로 바꿔주는 마법과 같은 곳이다. '맛'과 '멋'을 지닌 아름다운 공간으로서의 의미를 지닐 뿐만 아니라, 자칫 단조로운 일상에 지친 나에게 영감과 에너지를 선사하는 곳이다.

혁명이나 문학, 철학 등 의미 있고 거창한 이유가 아니더라도 다시 삶을 이어나갈 수 있는 힘을 준 공간인 카페. 파리에 갈 때마다 나는 카페를 찾아 나섰다.

혼자라면 한가로이 사색의 시간을 가질 수 있어 좋았고, 함께라면 인생에 관한 공통의 대화를 나누며 그 공간이 주는 또 다른 매력에 빠져들기도 했다. 어떤 때는 찾던 카페가 사라지고 그 흔적조차 없어 아쉬운 마음으로 되돌아와야 했지만, 그곳을 찾아가며 떠올린 추억 덕분에 미소를 짓기도 했다.

여러분도《잃어버린 시간을 찾아서》의 작가 마르셀 프루스트가 언급한 것처럼, 너무 조급하게 서두르지 말고 느릿느릿하게 무념의 상태로 이 책에 소개된 카페들을 한번 찾아가보길 바란다.

혁명이 이루어진 곳이나 실존주의가 탄생한 곳, 화가나 문인들이 만남을 가진 장소를 찾아 문인들이 남긴 글을 다시 읽어보거나 화가들의 작품을 다시 음미하면서 그들이 앉았던 의자에 앉아 일상에서의 작은 설렘을 느껴보길 바란다. 그들의 생애나 뛰어난 예술의 흔적을 찾아 경이로움에 들떠 사진도 찍고 의미 있는 시간을 가져보면 좋겠다. 여행으로 나른해질 때에는 이름 없는 작은 카페를 찾아 파리의 낭만을 느껴보는 것도 좋겠다.

찾던 카페를 가지 못한다 하더라도 파리의 작은 골목을 천천히 방랑자처럼 거닐어도 좋다. 어쩌면 이 순간이 여러분을 더 설레게 하고, 이전에 보지 못한 것을 보게 하고, 듣지 못한 것을 듣게 할 수도 있다. 평범해 보였던 작은 카페의 모습은 나만의 새롭고 내밀한 공간으로 바뀌면서 뜻밖의 행복을 느낄 수 있을 것이다.

햇살 좋은 봄의 어느 날

파리 마레의 한 모퉁이 카페에서

최 내 경

Contents

Prologue 7

1

파리 카페의 역사는 이곳에서 시작되었다

파리 최초의 카페 프로코프 18

영화의 공간 그랑 카페 28

벨 에포크, 아름다웠던 시대 속으로 카페 드 라 페 36

2

문학과 철학, 사랑을 이야기하다

오늘은 파리지앵처럼 되 마고 48

자유에 이르는 길 카페 플로르 58

생텍쥐페리부터 칼 라거펠트까지 브라스리 리프 64

바스티유 광장의 철학 카페 카페 데 파르 70

3

아티스트들의 아지트가 된 몽마르트르

몽마르트르의 빨간 풍차 물랭 루즈 80

르누아르의 무도회 물랭 드 라 갈레트 92

보헤미안이 사랑한 샹송 바 라팽 아질 102

발라동을 떠올리며 메종 로즈 110

4

몽파르나스의 카페에 사람들이 모여들다

밤은 아름다워라 쿠폴 122

파리는 축제 중 르 돔 132

모딜리아니를 추억하며 로통드 140

헤밍웨이가 사랑한 클로즈리 데 릴라, 셀렉트 148

5
예술가의 집, 예술가를 위한 집

고흐와 밤의 테라스 반 고흐 카페 164

너무나 고독했던 삶 고흐의 집 172

화가들의 점심 식사 메종 푸르네즈 184

6
예술과 여행의 일상에서 만나는 곳

루브르 박물관에서의 휴식 카페 마를리 196

에펠탑의 뷰 쥘 베른 204

아르누보 감성의 공간 막심 212

책의 향기가 그리울 때 셰익스피어 앤 컴퍼니 220

Epilogue 229

1

파리 카페의 역사는 이곳에서 시작되었다

카페는 프랑스인들의 갈증을

해소시켜주는 오아시스이다.

–

에드가 모랭

커피는 목구멍을 부드럽게 쓰다듬으며 움직이게 만든다. 아이디어가 저절로 떠오른다. … 논리의 대포가 전진하고, 재치의 화살이 공기를 가르며 날아간다.

_발자크

몽테스키외는 '혁신적인 음료수'라고 말한 이 액체를 마시면서 그 당시 사람들은 창의력이 쏟아진다고 믿었다. 이렇듯 검은 음료인 커피를 제공하는 카페는 목을 축이고 갈증을 해소하기 위한 오아시스이자, 상상력과 새로운 시각을 갖게 해주는 작업실이었다.

이탈리아 출신 프란시스코는 1686년 파리 최초의 카페 프로코프의 문을 열었다. 실내장식은 더없이 화려했다. 벽에는 커다란 거울이 걸리고, 천장은 샹들리에로 장식되었으며, 테이블은 대리석이었다. 사교계 사람들이 이곳으로 몰려들었다. 몰리에르, 라신, 라퐁텐 등이 앞장섰고, 계몽시대를 빛낸 장 자크 루소와 몽테스키외 같은 위대한 인물들도 그 뒤를 따랐다. 대문호와 화가들의 발길도 잦았다.

파리의 모습은 점차 카페로 변하기 시작했다. 1723년에는 파리에만 380곳의 카페가 있었다고 한다. 이러한 카페의 유행을 두고 몽테스키외는 '파리는 카페의 천국'이라고 했다.

추운 겨울 따뜻함을 찾아 카페를 찾기도 했고, 때로는 끊임없는 토론이 이루어지기도, 가장 준엄한 비판자가 되어 가차 없이 마음에 들지 않은 작가를 공격하기도 했던 곳이 바로 카페라는 공간에서였다.

아침부터 카페에 자리를 잡고 앉아서 아침을 먹고 점심을 때우고 저녁까지 작품의 소재를 찾기 위해 지나가는 사람들을 멍하니 바라보며 작가들은 오랫동안 카페에 머무르곤 했다.
소일하는 이런 모습을 보고 한심한 작태라며 카페를 찾는 사람들을 세상은 비웃기도 했지만, 카페를 사랑하는 사람들은 자신들의 일은 게을리할지언정 카페를 찾는 일을 게을리하지 않았다. 바로 이런 이유로 카페는 더욱 활기를 띠게 되었다. 카페에서 벌어진 격렬한 토론으로 프랑스를 이끌어가는 사상이 태동했고, 예술과 철학이 싹을 틔우기 시작했다.

시민정신, 계몽사상의 주요 정치가와 사상가들이 모여들었던 파리 최초의 카페 프로코프를 시작으로 시간을 거스르는 파리 카페 여행에 나선다.

파리 최초의 카페
프로코프

프랑스를 대표하는 많은 문인과 철학자들의 만남의 장소이자 혁명의 세력을 모았던 공간, 프로코프는 파리 최초의 카페이다. 이곳은 '카페는 시민의 의회다'라고 말했던 발자크를 비롯해 계몽사상가 볼테르, 루소, 몰리에르, 디드로, 로베스피에르가 즐겨 찾았던 곳이다. 1686년 문을 연 이래 지금에 이르기까지, 프로코프는 파리지앵뿐 아니라 전 세계 사람들로부터 프랑스의 시대 정신을 지닌 의미 있는 장소로 기억되고 사랑받고 있다.

내가 이곳을 좋아하는 이유는 자신의 삶에 대해 진지하게 고민하며 치열하게 진리를 외쳤고 그로 인해 자유로움을 누렸던 사람들의 흔적을 찾아 그들이 추구했던 삶의 가치를 잊지 않고자 하는 이들을 만날 수 있기 때문이다. 그로 인해 프로코프에서는 프랑스적인 가치인 저항 정신과 개인의 자유를 함께 느낄 수 있다.

RESTAURANT
Le Procope
FONDÉ EN 1686

1644년 마르세유에 처음으로 커피가 들어왔고 그 이후 프랑스 최초의 카페가 생겼다고 하지만, 당시에는 그리 큰 사랑을 받지는 못했다. 커피가 프랑스에 새로운 음료로 알려지게 된 것은 루이 14세 때 솔리만 아가 무스타파가 터키 대사로 부임했던 1669년 이후라고 한다.

쓴 초콜릿 맛에 익숙해 있던 당시 사람들에게 이 매혹적인 쓴 향이 나는 커피는 큰 거부감 없이 사랑받게 되었다. 커피 전문점인 파스칼 직원이었던 시칠리아 출신 프란시스코 프로코피오 델 코스텔리는 당시 이국적인 커피의 맛에 매료되었고, 이 음료를 광장이 아닌 호사스런 공간에서 판매하기로 한다. 그리고 파리 최초의 카페 '프로코프'의 문을 열게 된 것이다.

프란시스코는 1686년 카페 내부를 거울이 빛나는 벽, 샹들리에로 장식된 천장, 대리석 테이블 등 궁전과 같은 화려한 공간으로 만들어 이국 취향의 음료 커피를 제공했다. 이러한 실내 장식과 자극적인 커피의 향은 서민적인 공간 카바레에서 카페로 파리지앵의 발걸음을 빠르게 옮기게 했다.

카페 프로코프는 철학과 혁명을 이야기했을 뿐 아니라 사랑을 속삭이는 공간이기도 했다. 지금도 쇼팽과 조르주 상드가 한구석에 앉아 사랑을 속

오래된 가구와 장식품이
파리 최초의 카페 프로코프의 역사를 말해준다.

삭이는 소리가, 베를렌에게 들뜬 목소리로 자신의 시 〈취한 배〉를 들려주는 랭보의 목소리가, 1789년 프랑스 대혁명 당시 바스티유 습격을 계획했던 혁명 지도자들의 숨 가쁜 소리가 들리는 듯하다. 여기저기 모여 앉아 무슨 이야기를 저리도 진지하게 하는 것일까? 그들의 삶과 무관한 나도 옆에 앉아 그들의 생각을 엿듣고 싶어지고, 그들이 먹는 요리를 함께 맛보고 싶어졌다.

반체제적 음모나 자유로운 생각을 공공연하게 드러낼 수 없던 시절, 그들은 이곳에 진을 치고서 그들을 감시하는 정부 스파이들의 귀를 막기 위해 그들의 언어로 이야기를 나누었다고 한다. 이곳을 본거지로 삼아 음모를 꾸미기도 했는데, 혁명의 주동자들은 냉철한 이성을 갖기 위해 커피보다는 소르베(sorbet : 설탕물에 과즙, 과일 퓨레, 과실주 등을 넣어 얼린 빙과)나 아이스크림을 즐겨 먹었다고 한다. 나도 이곳에 자리를 잡고 앉아 달팽이 요리, 코코뱅(coq au vin : 닭, 양파, 양송이버섯 등에 포도주를 넣고 찐 프랑스 가정식)과 소르베를 주문했다.

냄비 가득 담긴 감자와 닭이 푸짐했던 코코뱅은 나의 배고픔을 채워주기에 충분했고, 지금도 혀끝에 느껴지는 소르베의 그 시원하고 감미로운 맛은 디저트로 완벽했다. 바게트나 간단한 일식으로 여행의 허기를 채우다 제대로 된 식사를 해서만은 아닐 것이다. 어쩌면 그때 테라스에 앉은 한 노부부의 모습 때문은 아니었을까 싶다. 편안하고 여유로워 보이는 그들의

프로코프에서 맛볼 수 있는 음식들.
특히 코코뱅은 여행자의 허기를 채워주기에 충분했다.

모습을 바라보며 더욱 유쾌하고 행복한 카페 프로코프에서의 시간을 보낼 수 있었다.

이곳에서는 지금도 프러시아의 프레데릭 왕이 하사한 테이블이 놓여져 있고, 누구보다 명석한 지성을 통해 시대의 오류를 고발하고 저항의 글을 썼던 볼테르Voltaire, 1694~1778의 흔적을 쉽게 찾을 수 있다. 카페는 은밀한 만남의 장소이자 소문을 퍼트리기에 적합한 장소였다. 볼테르는 그 누구보다도 여론의 중요성을 인식하고 그의 사상 투쟁에 여론을 적극적으로 활용한 대표적인 계몽사상가였다.

1762년 프랑스 남부 툴루즈에서 평온하게 살았던 68세 상인 장 칼라스가 가톨릭으로 개종한 큰아들 마르크 앙투안을 살해했다는 혐의로 수레바퀴에 매달아 사지를 찢어서 죽이는 거열형에 처해 억울하게 죽음을 당하자 볼테르는 여론을 최대한 동원해서 칼라스의 무고함을 입증하고 그의 명예를 회복시켰다. 칼라스의 죽음과 아들의 추방이나 유폐, 재산의 몰수 등 한 가족의 처참한 파멸과 함께 묻혀버릴 뻔했던 이 사건의 진실은 볼테르에 의해 밝혀질 수 있었다.

죄 없는 한 모범적인 가장의 운명이 오류나 편견, 광신에 사로잡힌 자들에 의해 피 흘려진 사건에 대해 무관심해서는 안 된다고 볼테르는 외쳤다. 칼라스 사건을 계기로 쓰여진《관용론》에서 그는 "나는 당신의 견해에 동의하지 않는다. 그러나 만일 당신이 그 견해 때문에 박해를 받는다면 나는 당신 편에 서서 싸우겠다. … 광신자들이 열성을 부리는 것도 수치스러운 일이지만, 지혜 있는 자들이 열의를 보이지 않는 것 또한 수치스러운 일이다"라고 적고 있다. 그가 보여준 용기와 비판 정신은 지식인의 정치 참여를 유도하는 계기가 되었다.

언제든 이곳 프랑스에서 스위스로, 상황에 따라 스위스에서 이곳 프랑스로 달아날 준비를 하고서 용기 있게 기성 체제의 결함과 폐습을 공격하는 글을 썼던 볼테르는 "철학자들은 뒤쫓아오는 개들을 피하기 위해 땅속에 두세 개의 굴을 갖고 있어야 한다"고 주장했다.

카페 벽면에 걸린 '칼라스 가족'의 모습.

사람들이 알아차리지 못하게 볼테르가 가발을 쓰고 성직자처럼 변장을 하고서 프로코프의 구석 자리에 앉아 바바루아즈(bavaroise : 홍차, 우유, 시럽을 섞어 만든 차가운 디저트)를 마시며 자신에 대한 사람들의 이야기에 귀 기울였다는 글이 생각나 이 음료를 주문해보았다. 그런데 실망스럽게도 지금은 바바루아즈를 제공하지 않는다고 하며, 다른 것을 친절하게 권했다. 나는 이런 친절함보다는 프로코프에서 예전처럼 설탕 대신 사용했다는 카필레르 풀고사리류 시럽의 향을 맛볼 수 있기를 기대한 것인데, 아쉬웠다.

처음에 프로코프에 앉아 볼테르를 생각했을 때는 무척 진지하게 계몽이나 톨레랑스에 대해 고민했었다. 그런데 이곳에 앉아 다른 테이블에서 글을 쓰고 있던 볼테르를 떠올려보니, 어쩌면 매우 인간적이고 유머러스하기까지 한, 다소 선동적인 악동 철학자였을 거라 여겨지면 웃음이 났다.

카페 한편에 자리한 볼테르의 책상.

그 누구보다 뉴튼의 열렬한 추종자로 계몽의 가장 큰 동력은 과학 정신이라고 믿었던 볼테르가 왜 뉴튼의 《프린키피아, 자연 과학의 새로운 원리》를 직접 번역하지 않고 동거녀였던 에밀리 뒤 샤틀레에게 맡겼을까? 모든 부분에 다재다능했던 볼테르였지만 수학에서는 좀 약했던 것은 아니었을까? 프로코프에 모여 《백과사전》을 쓴 디드로와 달랑베르, 볼테르, 루소 중 누가 가장 수학에 약했을까?

어쩌면 계몽이나 지식인의 문제보다 이러한 다소 개인적이거나 사소할 수 있는 부분이 더 궁금한 사람들도 있을 것이다. 때로는 위대한 인물들의 사적인 부분에서 그 시대의 진솔한 모습을 발견할 수 있을지도 모른다.

지금도 카페 프로코프를 향한 파리지앵의 발길은 이어지고 있다. 지난 역사에 중요한 의미를 두고 그 가치를 잊지 않으려고 하는 사람들, 이곳에서 머무는 시간 속에서 자신의 문학과 예술적 감성을 키울 수 있다고 믿는 사람들이 있기 때문이다.

영화의 공간

그랑 카페

파리 오페라 극장에서 몇 걸음 걷다 보면 카퓌신 거리에 있는 예쁜 카페를 마주하게 된다. 바로 그랑 카페다. 이곳은 최초로 영화가 상영된 공간이 지니는 의미가 있을 뿐만 아니라, 강렬하고도 아름답게 각인된 영화의 장면을 떠올리며 아련한 추억을 떠올릴 수 있는 기회를 내게 선사했다.

내 기억 속의 영화관은 어린 시절 사촌 언니의 손을 잡고 따라갔던 어둡고 낯선 곳이었지만, 할머니의 이야기나 텔레비전과는 비교할 수 없을 정도로 강렬했다. 시공을 초월한 수많은 이야기 속으로 빠져들게 만드는 영화관은 세상의 모든 소리와 형태를 일순간에 바꿔놓은 즐거움의 장소였다.

영화를 통해 나는 여름 햇살과 안개 낀 산의 경이로운 아름다움을 느낄 수 있었고, 폭포수 소리에 화답하는 아이들의 웃음소리를 들을 수 있었으며, 어떨 때는 영화 속에서 계속 머물고 싶어 시간이 멈추기를 간절히 바라기도 했다.

그랑 카페에 도착하기까지, 내 기억 속 여러 영화의 공간들이 눈앞에 겹겹이 펼쳐졌고 영화의 배경음악이 메들리처럼 이어서 귓가에 들려왔다.

〈쉘부르의 우산〉에서 카트린 드뇌브가 기차역에서 헤어짐의 아쉬움을 노래하는 소리는 아름다운 도시 도빌을 배경으로 한 〈남과 여〉의 영화음악과 바닷소리가 어우러진다. 〈안달루시아의 개〉에서 면도칼을 손질하던 남자가 보름달의 표면을 반으로 가르며 지나가는 구름을 본 후 여자의 눈동자를 반으로 가르는 너무도 충격적인 장면에서는 〈아멜리에〉의 얀 티어슨의 배경음악과 〈연인〉 속 쇼팽의 왈츠가 함께 섞여 들려왔다. 그런데 이 음악은 〈언터처블〉의 마지막 장면과 프루스트의 《잃어버린 시간》의 배경이 된 그랑 호텔 앞의 바닷가에서 들려오는 듯하고, 파도가 갈매기 떼를 쫓는 듯한 그 바닷가에는 갈매기가 보이지 않고 〈그랑 블루〉에서 봤던 돌고래가 춤을 추고 있는 듯했다.

마침내 꿈의 바다에서 정신을 차려 최초로 영화가 상영되었다는 그랑 카페로 들어가 보기로 했다. 그랑 카페의 주위는 고몽, 올랭피아 같은 많은 영화관과 고급 부티크가 화려하게 빛나고 있었다.

장식 디자이너인 자크 가르시아에 의해 아르누보 양식으

로 실내장식을 바꾼 이곳에 걸린 뤼미에르 형제의 사진은 영화에 대한 향수를 불러일으키게 했다.

오페라 극장이 샤를 가르니아에 의해 15년 만에 완공되었던 1875년에 이곳은 상류계급의 사람들이 드나들던 장소였다. 1895년 12월 28일, 영화 창시자인 뤼미에르 형제는 카퓌신가에 있는 이곳 그랑 카페 지하 인디언 살롱에서 일반 관객에게 유료로 스펙타클을 처음 선보였다.

그해 3월과 6월에 '사진 장려협회'와 '프랑스 사진조합회의'에서 두 차례 영화가 상영되기는 했지만, 그때는 무료 상영이었다고 한다. 루이 뤼미에르Louis Lumière,1864~1948와 오귀스트 뤼미에르Auguste Lumière, 1862~1954는 관객들에게 자신이 만든 영사기 시네마토그라프를 선보이며 〈뤼미에르 공장의 퇴근〉, 〈정원사〉, 〈대장장이〉 등 10편의 영화를 상영하면서 실제와 같은 느낌을 재현하고자 했다.

뤼미에르 형제를 진정한 영화의 발명가라고 하는 이유는 바로 '스크린'을 통한 영사 기능을 영화에 부여함으로써 많은 사람들이 영화를 공유할 수 있는 '대중문화'의 한 장르로 탄생시켰기 때문이다. 한 영화의 상영 시간은 불과 1분 정도에 불과했지만, 1프랑을 내고 들어왔던 33명의 관객들의 반응은 열광적이었다. 특히 〈뤼미에르 공장의 퇴근 La sortie des usines Lumière, 1895〉에서 공장 문이 열리고 자전거를 탄 노동자들이 나오는 장

뤼미에르 형제의 사진과 영화 사진으로 장식된 카페 내부.

그랑 카페 외관과 입구.

면이나 〈시오타역에 도착하는 기차 Arrivée d'un train à la gare Ciotat, 1895〉에서 역 구내로 기차가 진입하는 장면을 보고 관객들이 이리저리 피하느라 한바탕 소란을 피웠다는 이야기는 무척이나 유명하다.

> 인부의 곡괭이질에 먼지바람을 일으키며 쓰러지는 건물 앞에서 바람에 흔들리는 나뭇잎 앞에서 사람들은 너무 놀라 입을 벌린 채 아무 말도 못했다.
>
> _조르주 멜리에스

마술사이자 자동 인형 제작자였던 조르주 멜리에스Georges Méliès, 1861~1938는 뤼미에르 영화에 매료되어 상상력을 발휘해 기계 제작을 하게 되는데, 쥘 베른과 조지 웰스에게서 영감을 얻은 〈달세계 여행〉, 〈요정들의 왕국〉, 〈고무 머리 사나이〉, 〈마법의 책〉 등이 그의 대표작이다.

이 작품들은 영화에서의 허구적인 스토리 구축 가능성을 보여주었다고 평가받고 있다. 다큐멘터리의 기원이 된 뤼미에르 형제의 영화와 공상과학영화의 기원이 된 멜리에스의 영화를 놓고 '영화가 현실réel이냐 공상chimère이냐'를 놓고 벌이는 논란은 영화의 탄생 때부터 시작되었다고 할 수 있다.

친절하고 환한 미소로 손님을 환대하는 가르송과 카페 주인.
메인 요리에서 디저트, 와인까지 이곳의 음식은 만족스러웠다.

나는 1895년 최초로 영화가 상영되었다는 그랑 호텔의 지하에 있는 그랑 카페 인디언 살롱에 내려가 보기로 했다. 지난 세기의 흔적을 찾아서 낯선 시공간으로 떠난다는 자체가 두근거림이었고 즐거움이었다. 카페 한구석에 자리 잡고 앉아 여유롭게 느껴보리라. 나를 감동시키고 들뜨게 했던 영화를 떠올리며 그 영화를 보며 같이 공유했던 시간들과 대화를 나눠보리라 마음먹었다.

그런 기대를 안고 지하로 내려갔지만, 최초의 영화를 상영했던 지하 공간은 세미나실로 바뀌어져 있었다. 너무나 아쉬웠다. 하지만 이렇게 그 흔적을 찾아 이곳을 찾는 사람들이 있는 한, 그때의 그랑 카페 인디언 살롱에서 세계를 떠들썩하게 했던 놀라움은 영원히 존재할 것이라고 믿는다.

레스토랑으로 바뀐 1층에 한 자리를 차지하고 앉아 이곳 요리를 주문해보았다. 음식 하나하나마다 프랑스 영화만큼이나 감미롭고 독특한 맛을 느낄 수 있었다. 그랑 카페는 주인이 무척 친절해서 더 따뜻하고 편안한 장소로 기억되는 것 같다. 예전의 모습을 지키면서 현대적인 감각을 추구하는 이곳은 구세대와 신세대의 마음을 모두 사로잡기에 충분해 보였다.

벨 에포크, 아름다웠던 시대 속으로

카페 드 라 페

나폴레옹 3세 시절, 오스만 남작은 좁고 지저분한 파리시를 지금의 잘 계획된 아름다운 도시의 모습으로 과감하게 바꾸는 일에 앞장섰던 인물이다. 그가 파리 도시 정비 계획의 일환으로 새롭게 건설한 그랑 호텔의 1층에 위치한 카페 드 라 페는 문인과 예술인, 정치계의 많은 유명 인사들을 사로잡기에 충분히 아름다웠다.

뮤지컬 〈오페라의 유령〉을 비롯해 많은 작품의 소재가 된 오페라 극장과 가까운 곳에 위치해 있어, 파리에서 가장 상징적인 장소 중 하나로 확고히 자리 잡았다.

19세기 말부터 제1차 세계대전이 일어난 1914년에 이르는 벨 에포크(Belle Époque : 아름다운 시절) 시대의 파리는 아름답게 빛나는 건축물과 예술로 가득 차 있었다. 예술, 문학, 정치적 활동이 그 어느 때보다 활발하게 일어났고, 화려하고 우아한 시대 분위기는 파리 카페에 고스란히 담겨졌다.

CAFÉ
de la
PAIX
SSERIE CAFÉ de la PAIX
9e Arr
PLACE
DE L'OPERA

따뜻하고 정겨운 화풍으로 파리의 풍경을 그려내는 미셸 들라크루아Michel Delacroix, 1933~의 〈카페 드 라 페〉에서 우리는 황혼 녘의 우수가 드리워진 파리의 아름다운 모습을 마주한다. 들라크루아의 그림은 모든 것을 감싸는 황혼처럼 이 공간과 함께했던 낭만 가득한 파리에서의 시간들을 떠올리게 한다.

오페라 극장을 설계한 샤를 가르니에Charles Garnier, 1825~1898 작품답게 대리석으로 장식된 화려하고 웅장한 카페 드 라 페에는 많은 사람들이 모여들었다. 빅토르 위고와 에밀 졸라, 기 드 모파상, 헤밍웨이, 차이콥스키, 오스카 와일드 등이 이곳을 찾았고 그들 작품의 모티브가 되기도 했다.

제1차 세계대전이 끝난 뒤 조르주 클레망소가 카페 테라스에 앉아 프랑스 국가 '라 마르세예즈La Marseillaise'를 부르는 프랑스 군인들의 행진을 보던 곳도, 제2차 세계대전 동안 폐쇄되었다가 해방 후 드골 장군 첫 식사를 대접하기 위해 문을 열었던 곳도 이곳이다. 이브 몽탕이나 살바도르 달리 등이 미국 최초의 생중계 방송이었던 〈This is Paris〉 프로그램도 이곳에서 촬영했다고 한다.

이 카페에 앉아 있노라면 모파상의 《보석》에 등장하는 랑탱의 아내가 비밀스러운 심오한 기쁨을 맛보는 듯 행복한 모습으로 오페라 극장을 오르는 모습이, 오스카 와일드가 봤다던

미셸 들라크루아, 카페 드 라 페, 2012년.

화려한 오페라 극장 바로 앞에 위치한 카페 드 라 페는
1862년 이후부터 지금까지 파리지앵과 관광객들의 사랑을 받고 있다.

금빛 천사가 오페라 극장 위에서 보이는 듯하다.

이곳은 파리 관광객들의 변함없는 사랑을 받는 오페라 극장과 라파예트 백화점이 가까워 파리를 찾는 이들이 한번쯤 꼭 들르는 공간이 되었다. 특히 역사 기념물로 등재된 이 카페는 2021년 건축가 피에르 이브 로숑에 의해 과거 벨 에포크 양식은 그대로 유지하면서 새롭고 밝은 공간으로 탈바꿈한다.

세로로 주름진 기둥, 그림이 그려진 천장, 이두운 나무 가구, 짙은 녹색의 의자와 루이 16세 양식의 안락의자 등 황금 장식, 대리석, 벨벳에 둘러싸인 공간으로 화려함의 극치를 보여주는 이 카페에 파리 유명 인사들이 모두 모여들었다. 과거의 우아함과 현재의 시크함이 조화롭게 살아 있는 이곳을 이전에는 지나치게 호화로운 장식에 압도되어 문턱조차 넘지 못하는 손님들도 있었다고 한다.

프랑스 요리의 현대적인 스타일을 완성하고 프랑스 요리의 발전에 크게 기여한 오귀스트 에스코피에가 카페 드 라 페에서 요리사로 활동했기 때문에, 그의 업적을 기리기 위해 종종 관련된 이벤트나 메뉴를 제공하기도 한다. 이곳 요리는 관광지답게 대중적이라고 할 수 있지만, 오랫동안 변하지 않고 처음의 레시피 그대로 선보이는 양파 스프나 크로크 무슈, 몽블랑, 밀푀유 등은 한번쯤 맛볼 만하다.

카페 드 라 페의 테라스에서는 파리의 정취를 한껏 느낄 수 있다.

화려한 그 시절의 모습처럼 인테리어가 돋보인다.
실내는 식물과 어우러져 한층 모던하고 환하다.

세월이 지나면 세상도 변하기 마련이다. 과거 문인들의 자취를 찾아보기는 어렵고, 인기 있는 관광지로 변해버린 것 같아 때로 아쉽게 느껴지곤 한다. 그럴 때는 전통의 흔적이 고스란히 남아있는 카페를 대신 찾기도 한다.

우리의 인생이란 남들이 생각하는 것처럼
그렇게 행복한 것도 불행한 것도 아니다.

인생과 행복을 이야기한 모파상의 문장을 되내이며 마치 그가 되어 이 카페 테라스에 앉아 커피를 마셔본다. 첫사랑은 과거의 추억이 되어 되돌릴 수 없기에 더 애틋한 것처럼, 이곳 카페 드 라 페에서 과거의 많은 문인들의 작품과 예술을 아련하게나마 추억으로 다시 느낄 수 있어 좋다. 화려한 오페라 극장을 바라보며 평범한 일상에서 잠시 벗어나 다소 사치스러운 시간을 이곳에서 보낼 수 있다.

2

문학과 철학,
사랑을 이야기하다

나에게 있어 플로르에 이르는 길은

자유에 이르는 길이었다.

–

장 폴 사르트르

생 제르맹 데 프레 거리는 프랑스 지성과 동의어가 될 정도로, 이곳에는 문인들이 드나들었던 카페들이 즐비하다. 전쟁과 공황으로 삶은 얼어붙었던 때, 작가와 철학자들과 정치인들은 이곳의 카페에 자리를 잡고서 그들이 처한 현실을, 철학과 문학을 논했다.

파리에서 가장 오래된 바실리카 양식으로 17세기 철학자인 데카르트가 잠들어 있는 생 제르맹 데 프레 교회 맞은편에는 그 당시부터 지금까지 변함없이 사랑을 받고 있는 되 마고, 카페 플로르, 브라스리 리프 등 이름난 카페들이 있다.

우리에게는 다소 생소하지만 그 누구보다도 뛰어난 프랑스 작가로 1940년대 파리 청년들의 일상을 담은 〈세월의 물거품 L'écume des jours〉의 저자 보리스 비앙은 생 제르맹 데 프레 카페의 단골손님으로 이곳을 시대별, 유형별로 다음과 같이 분류하기도 했다.

1920년~1929년 : 브라스리 리프의 전성시대 (정치가)
1930년~1937년 : 되 마고의 전성시대 (노장 작가)
1938년~1946년 : 카페 플로르의 전성시대 (젊은 작가)

생 제르맹 데 프레의 카페에는 사르트르, 보부아르, 프레베르, 알베르 카뮈, 줄리에트 그레코, 보리스 비앙 등이 자주 드나들며 끝없는 토론과 글쓰기로 밤을 보냈다. 그들은 이곳에서 아침 식사를 하며 하루를 계획하고 한자리에 죽치고 앉아 조용히 글을 써나갔다고 한다.

집에서는 제공해줄 수 없는 온기와 넓고 조용한 공간에서 일하기 위해 사람들은 카페를 찾았다. 아마도 난로와 가까이 있는 가장 따뜻하고 사람들의 방해를 덜 받는 조용한 자리를 차지하기 위해 아침 일찍 이곳을 찾는 작가들도 있었을 것이다. 카페는 그들에게 일하는 작업실이었으며, 만남의 장소였고, 열띤 토론의 장소이기도 했다.

카페의 메뉴판에는 그때의 단골손님들의 이름이 일일이 나열되어 있다. 또한 가르송의 친절은 변함이 없다. 공간이 주는 매력을 느끼는 것만으로 유쾌한 시간이었으나 아쉽게도 관광객들이 너무 많아 이전의 침묵과 고요는 찾아보기 힘들다.
이런 술렁거림 속에서도 작은 노트를 꺼내 들고 조용히 자신만의 시간을 보내는 사람들이 그래서 더 멋지게 보인다. 나도 이 사람들 틈에서 나만의 평화로운 시간을 가져보려 한다.

오늘은 파리지앵처럼

되 마고

생 제르맹 데 프레의 유명한 카페들 중 가장 먼저 카페 문학상을 수여했다는 되 마고로 발길은 자연스럽게 옮겨졌다. 나도 이 거리를 걷는 사람들 중에 누군가를 만나 반갑게 인사를 나누고, 이 카페로 가서 차 한 잔을 마시거나 이곳의 한구석에 자리를 차지하고 앉아 조용한 시간을 가져보고 싶은 생각이 들었다. 아마도 그 당시 사람들도 이 거리를 산책하다 우연히 이 거리를 걷던 누군가를 만났을 테고, 이곳에서 유쾌한 만남의 시간을 가졌을 것이다.

헤밍웨이도 이 거리를 걷다 자주 제임스 조이스를 만났고, 그들은 이곳에서 셰리주를 마시며 이야기를 나누었다고 한다. 베를렌과 랭보, 말라르메, 앙드레 지드, 카뮈, 프레베르, 레제, 피카소 등 이곳의 단골손님은 그 수를 다 헤아릴 수도 없을 정도다.

생 제르맹 데 프레 거리의 카페를 이야기하면서 사르트르나 보부아르를 빼놓을 수 없다. 그들은 삶의 대부분의 시간을

Les Deux Magots
Les Deux Magots

Magots
Les Deux Magots

이곳 카페에서 보내며 창작활동을 했고, 그들의 주요한 작품 대부분은 되 마고나 카페 플로르에서 탄생했다. 아마도 그들은 일하기에 좋은 따뜻하고도 조용한 이 카페에 나란히 앉아 차를 마시고, 이야기를 나누었으며, 지칠 줄 모르는 열정으로 애타게 새로운 소재를 찾으며 글을 써나갔을 것이다.

사르트르Jean-Paul Sartre, 1905~1980는 시간만 허락하면 일기를 써나갔으며, 수없이 많은 생각을 작은 노트에 쓰는 것을 무척 즐거워했다고 한다. 타인과의 관계에서 오는 즐거움, 근심, 회한의 마음을 일기장에 적고 있는 사르트르의 모습을 보부아르Simone de Beauvoir,1908~1986는 다정하게 바라보았을 것이다. 그녀에게 보여주기 위해서 이 일기장은 존재한다며 사르트르는 그들에게 일어났던 일을 적은 일기장을 보부아르에게 보여주었을 것이고, 그들은 일기장을 함께 읽어나가며 서로의 사랑을 확인하기도 했으리라.

1885년 문을 연 이래 파리 문화계에서 중요한 역할을 톡톡히 해내고 있는 카페 되 마고는 원래 비단을 파는 가게였다고 한다. 비단 원산지인 중국을 상징하기 위해 카페 내부를 중국 인형으로 장식하게 되었고, 여기에서 '두 개의 중국 인형'이란 의미를 가지는 '되 마고Deux magots'란 카페 이름이 생겼단다. 나는 왜 중국 인형이 카페 내부를 장식하고 있는지 무척 궁금했

파리지앵들이 즐겨 찾는
생 제르맹 데 프레 거리.

두 개의 중국 인형이 걸려진 되 마고 내부.

다. 그곳의 가르송에게 물어보았더니 메뉴판 앞의 글을 가리키며 친절하게 이 카페의 유래에 자세히 알려주었다.

되 마고의 가르송들은 그 어떤 카페보다도 친절했으며, 이곳에서 일하는 것에 대해 자부심을 갖고 있었다. 최초로 카페 문학상이 생긴 이곳에서 일하고 있는 것만으로도 영예라고 느끼는 듯했다. 하얀 셔츠에 검은 양복, 긴 앞치마를 두른 가르송들은 이곳을 찾는 수많은 손님으로 바빠 보였지만, 그 얼굴에 번져 나오는 여유로운 미소는 보는 사람의 마음까지 편안하게 해주었다.

1933년 앙드레 말로가 《인간의 조건La condition humaine》으로 공쿠르상을 수상한 날, 되 마고상을 제정했다. 1935년부터 브라스리 리프에서, 60년이 지난 1994년부터 카페 플로르에서 문학상을 수여했고, 지금도 많은 프랑스인들의 관심 속에 이 상들은 역량 있는 작가들에게 수여되고 있다. 이중 가장 지명도가 높은 되 마고상의 첫 번째 수상자는 우리에게 트뤼포 감독의 영화 〈지하철의 소녀〉로 잘 알려진 레이몽 크노의 《개밀Chiendent》이었다.

복장을 갖추고 미소 짓는 가르송들.
되 마고의 음식은 그들의 친절이 더해져 더 맛있게 즐길 수 있다.

이 상을 받은 작가로는 레이몽 크노 이외에도 앙트완 브롱댕, 페르낭 푸이옹, 다니엘 롱도 등이 있으며, 2000년에 필립 헤르만의 《진정한 기쁨La vrai joie》, 2001년에 프랑수아 비조의 《정문Le portail》, 2013년에는 폴린 드레퓌스가 80회 되 마고상의 영광을 안았다.

상이 제정된 이후 많은 수상자들이 탄생했다. 지금도 변함없이 '작가들의 월요일Lundi des écrivains' 행사를 주최하고, 매년 1월 마지막 화요일에 '되 마고상'을 수여한다. 2020년에는 국내에서도 사랑받았던 제롬 가르생의 《시드의 마지막 겨울Le dernier hiver du Cid》이 이 상을 수상하기도 했다. 카페 되 마고에는 예술과 문학, 철학이 여전히 살아 숨쉬고 있다.

이곳에서는 간단하게 차를 마실 수도, 옛 문인들처럼 아침 식사를 하고서 죽치고 앉아 하루 종일 지나가는 사람들을 구경하며 보낼 수도 있다.

아침 식사를 하기 위해 다음날 이곳을 다시 찾았다. 아침 햇살은 테라스에 활기를 더해주고 있었다. 다른 곳보다 이곳 크루아상은 정말 맛있다고 생각하며 옆자리를 쳐다보았더니 옆에 앉아 있던 한 사람이 나에게 "봉주르~"라고 인사했다. 어제 그 자리에 앉아 아침 식사를 하던 사람이었다. 한동안 못 만났던 옛 친구를 우연한 장소에서 만난 것처럼 어리둥절하면서도 무척이나 반가웠다.

하지만, 얼마 전까지만 해도 철학과 문학 책을 팔던 카페 바로 옆의 서점이 루이 비통 매장으로 바뀐 것은 가슴 아픈 일이었다. 그래도 문인들의 작업 공간이었던 것을 의식해서였을까. '글쓰기는 여행이다 L'écriture est un voyage'라고 적혀 있는 이곳의 모습이 해를 거듭할수록 변해가는 파리 모습만큼이나 나를 스산하고 씁쓸하게 만들었다.

되 마고 바로 옆의 루이 비통 매장.

몇 년 전, 새 주인이 이 카페를 200억 원에 인수했다는 사실을 뉴스를 통해 알게 되었던 때를 떠올리며 '전통을 중시하는 프랑스 사람들도 경제적 논리 앞에서는 어쩔 수 없구나'라는 생각이 들었다.

서점과 맞바꾸어버린 명품 매장을 보며 철학자 사르트르와 보부아르를 다시 떠올렸다. 그저 반가울 수만은 없는 상황이었지만, 과거만 중시하다 결국 사라져버리는 것보다는 시대에 따른 변화를 받아들이는 것도 역사를 기억하는 하나의 방법이 될 수 있지 않을까. 이렇게 나 스스로를 위로하며 발길을 옮겼다.

자유에 이르는 길
카페 플로르

되 마고에서 몇 걸음만 옮기면 보이는 카페 플로르로 향했다. 이곳 역시 생 제르맹 데 프레 거리를 사랑한 많은 작가들과 예술가들이 사랑했던 장소로, 기호학자인 롤랑 바르트는 줄곧 이곳에서 아침 식사를 했으며, 앙드레 말로는 1930년대에 플로르의 창가에 있는 자신의 자리를 정해두고 글을 썼고, 플레베르는 즉흥적으로 시상이 떠오르는 것을 이곳에서 써내려갔다고 한다.

생 제르맹 대로에 살았던 아폴리네르도 플로르의 단골손님 중 하나로, 루베이르나 살몽 등과 함께 〈수아레 드 파리Soirée de Paris〉라는 잡지를 창간한 곳도 바로 카페 플로르이다.

사르트르와 보부아르는 되 마고에서 이곳으로 장소를 옮겨 와 글을 써나가며 정기적인 모임을 가지기도 했으며, 이곳에서 '실존주의'라는 새로운 철학이 탄생했다. 이곳의 주인인 폴 부발은 사르트르에 대해 다음과 같이 쓰고 있다.

CAFE DE FLOR

1942년경 나는 카페 문을 열 때부터 자정까지, 그리고 오후부터 카페 문을 닫을 때까지 이곳에 오는 한 남자를 보았습니다. 이 남자는 종종 한 여자와 함께 오기도 했는데, 둘은 다른 테이블에 떨어져 앉아 있었고, 아래층에 있을 때는 함께했습니다. 나는 한동안 그가 누구인지를 알지 못했지요.… 사르트르는 우리 카페를 찾는 손님 중 최악의 손님이었습니다. 차 한 잔을 앞에 두고서 몇 시간이고 죽치고 앉아 알 수 없는 무언가를 계속 쓰고 있었으니 말입니다.

사르트르가 보부아르와 글을 쓴 장소는 2층이고 서로의 사랑을 확인했던 장소는 1층이었을 것이다. 보부아르가 감탄해마지 않았던 붉은 빛깔의 의자는 지금도 가르송들의 친절함과 함께 그대로 남아 있다. 사교적인 만남의 장소인 1층은 지금도 다소 소란스러웠지만 2층은 조용했다. 지금도 이 카페에서는 매달 첫 수요일에 철학 모임을, 매주 월요일에는 연극 비평 모임을 가지며, 문학 카페로서의 자리를 굳건히 지키고 있다.

보부아르의 이름이 새겨진 테이블.

플로르 문학상은 되 마고보다

는 훨씬 뒤늦게 생겨나기는 했지만, 역량 있는 신예작가를 발굴하기 위해 최선의 노력을 다하고 있다. 플로르상은 1994년 5월 10일, 13명의 기자로 이뤄진 심사위원에 의해 상금 4,000프랑을 내걸고 처음 생겨났다. 플로르 대표적인 수상작으로는 비르지니 데팡트의《예쁜 것들 Les jolies choses, 1998》, 니콜라스 레이의《짧은 기억 Mémoire courte, 2000》, 크리스토프 도너의《모랄 제국 L'empire de la morale, 2001》등이 있으며, 우리에게 잘 알려진 미셸 우엘벡도 1996년《전투의 감각Le sens du combat》으로 이 상을 받았다. 현재 플로르 카페 문학상의 상금은 6,150유로다.

메뉴판에 적혀 있는 '나에게 있어 플로르에 이르는 길은 자유에 이르는 길이었다 Les chemins du Flore ont été pour moi les chemins de la liberté'라는 사르트르의 이 글만 봐도 사르트르가 이 장소를 얼마나 사랑했는지를 잘 알 수 있다. 사르트르와 보부아르가 이곳을 찾은 것은 다른 곳보다 조용했기 때문이라고 한다. 아폴리네르도 '우리는 카페 플로르를 선택했다. 왜냐하면 이곳은 다른 곳보다 방해를 덜 받는 곳이기 때문이다'라고 적고 있다.

피카소도 이곳을 즐겨 찾았다. 매일 저녁이 되면 피카소는 카페 플로르의 문을 열고 들어가 두 번째 테이블에 앉아 스페인 고향 친구들과 술잔을 기울였고, 실컷 취한 다음에야 그의 집으로 돌아갔다고 한다. 그런데 왜 두 번째 테이블이었을까? 분주한 첫 번째 테이블 대신 사람들이 자신을 금세 알아볼 수 있도록 의도한 건 아니었을까? 이렇게 생각을 하니, 피카소가 이 카페를 찾을 때 무척 외로웠을 것 같다는 안타까운 마음이 들었다.

따뜻한 음료와 빵, 주스로 이뤄진 간단한 플로르의 아침 식사는 되 마고처럼 가격이 비싸 불편했지만 지금도 여전히 많은 사람들의 사랑을 받고 있었다. 두꺼운 하얀 컵에 담아주는 커피 향도 좋은 데다, 이곳 가르송들의 친절한 응대로 크루아상은 더욱 맛나게 느껴졌다. 아침부터 오랜 시간 동안 커피 한 잔을 시켜놓고 죽치고 앉아 글을 썼던 작가들의 작업터를 의식한 듯 커피는 싼 편이었다.

이곳에서는 샐러드 파리지앵을 추천한다. 토마토, 강낭콩, 호두, 오리고기를 호두 기름과 스페인 헤레스산 식초 소스로 맛을 낸 샐러드인데, 아주 상큼했다. 또 카페 플로르에서는 반숙 달걀이 유명하다. 이곳의 가르송들은 자신만이 가장 맛있는 반숙 달걀을 만들 수 있다는 자부심을 갖고 있을 정도였다.

되 마고의 가르송처럼 이곳 가르송들도 정말 친절하다. 내가 이곳 가르송들의 모습을 담았으면 한다고 가르송 중 한 명에게 부탁을 했더니 흔쾌히 일하고 있던 가르송들을 모두 불러

상큼한 샐러드 파리지앵과 폭신한 크로크 마담 등
가볍게 즐길 수 있는 카페 플로르의 음식들.

이곳의 활기 넘치는 가르송들은 언제나 친절하게 손님들을 맞이한다.

모으더니, 자신들 모두를 찍을 기회를 주겠다고 웃으며 말했다. 나로서는 매우 유쾌한 일이었다.

카페 플로르의 가르송 파스칼.

사르트르의 《존재와 무 L'être et le néant》에서 언급되기도 한 파스칼이란 가르송은 당시 플로르만큼이나 인기가 있었다고 한다. 참여문학을 주장한 사르트르는 《더러운 손 Les mains sales》에서 혁명의 성공을 앞당기기 위해 참여자가 해야 할 일은 각자에게 가장 위험한 일이 아니라 각자가 할 수 있는 가장 잘할 수 있는 것이라고 말했는데, 그는 자신이 제일 잘 할 수 있는 글쓰기를 통해 진정한 참여자로 그 시대를 살아간 이였다. 카페 플로르로 향하는 길을 '자유에 이르는 길'이라 한 사르트르의 삶과 지식을 바로 이곳에서 한가로이 추억해본다.

생텍쥐페리부터 칼 라거펠트까지

브라스리 리프

이 거리에서 되 마고와 플로르만큼 파리 사람들의 사랑을 받는 브라스리 리프는 가장 파리다운 브라스리(brasserie : 맥주를 파는 선술집)란 평을 받고 있다. 가장 파리다운 브라스리란 것이 무엇일까? 나는 되 마고와 플로르 맞은편에 있는 이곳을 가보기로 했다.

사실 이전에 파리에 들렀을 때 되 마고나 플로르에는 몇 번이나 들렀지만 브라스리 리프는 들어가본 적이 없어서 더 기대가 되었다. 이곳은 알자스 출신인 레오나르 리프와 아내 엘리즈가 자신들이 살던 알자스 지역이 독일에 넘어가자, 파리에 정착해 1880년 10월 27일 문을 연 노포다. 이후 주인은 여러 차례 바뀌었지만, 처음 문 열 당시 이름은 지금까지 유지하고 있다.

이곳은 1920년대부터 베를렌, 프루스트, 지드, 생텍쥐페리, 발레리, 프레베르, 퐁즈, 크노, 헤밍웨이, 카뮈, 말로 같은 유명한 작가에서 조르주 퐁피두, 지스카르 데스탱, 프랑수아 미테

151
BRASSERIE LIPP
LIPP
LIPP

랑, 자크 시락 같은 거물 정치인들, 그리고 장 폴 벨몽도, 잭 니콜슨, 칼 라거펠트에 이르기까지 정말 다양한 분야를 대표하는 사람들이 모여들었다. 이들의 이름을 떠올리는 것만으로 이곳 역시 기억의 장소이며 추억의 공간이라는 생각이 들었다. 1943년 피카소가 점심을 먹고 마비를 일으킨 곳으로도, 헤밍웨이가《무기여 잘 있거라》를 탈고한 곳으로도 유명하다.

붉은색 천 위에 쓰여진 'BRASSERIE LIPP'란 글자와 외관은 그리 화려하지도 눈에 띄지도 않았지만, 실제 들어가 보고 나니 이런 실망스런 마음은 이내 사라졌다. 잠시 들러 자료를 좀 받고 사진이나 찍고 나와 다른 더 멋진 곳을 찾아봐야겠다는 내 생각은 온데간데없고, 난 서둘러 한 곳에 자리를 잡고 앉아 이 멋진 장소를 하나하나 둘러보기 시작했다.

앵무새와 두루미, 그리고 야생식물 문양으로 장식된 9개의 타일 기둥과 거울은 이곳의 실내 분위기를 밝고 화려하게 만들어주고 있었다. 1900년 레옹 폴 파르그의 아버지인 레옹 파르그가 이국적인 식물로 세라믹 벽면을 장식했고, 1925년 조각가인 마들린느가 레옹 파르그가 만든 벽면 장식을 모자이크로 복제하고, 샤를리 카레가 아프리카 문양으로 천장 장식을 한 것이 지금의 이 실내 모습이다. 참 이색적이고 멋진 공간이란 생각이 들었다. 카페 플로르와 되 마고에서 느낄 수 있는

오렌지색 차양이 산뜻한 브라스리 리프의 외관과 붉은색 인테리어가 돋보이는 내부.

분위기와는 사뭇 달랐고, 왜 그리도 많은 사람들이 이곳을 사랑하는지를 알 수 있었다.

브라스리 리프에서도 1935년 카즈 문학상을 제정해 지금까지 매년 역량 있는 작가들에게 이 상을 주고 있다. 2003년에는 장 클로드 라미의《부동의 모험가L'aventurier immobile》가 그 영예를 차지했다. 우리에게도 잘 알려진《바둑 두는 여자La joueuse de go》의 작가 샨 사는《버드나무의 네 가지 인생Les quatre vies du saule》으로 1999년 이 상을 수상했다. 현재 카즈 문학상의 상금은 4,000유로다.

브라스리 리프를 만든 레오나르 리프와 엘리즈 리프가 알자스 출신이어서인지, 이곳의 분위기는 독일풍이라는 느낌을 많이 받았다. 브라스리인 만큼 맥주에 어울리는 안주가 맛있다고 알려져 있다. 바로 슈크루트(choucroute : 가늘게 썬 양배추를 소금에 발효시켜 돼지고기와 훈제 햄, 삶은 감자 등을 얹어 먹는 알자스 전통 음식)로, 알자스산 백포도주 리슬링과 함께 먹을 때 진정한 맛을 느낄 수 있다. 알자스에 직접 가지 않고도 이렇게 맛있는 알자스 대표 요리 슈크루트를 이곳에서 즐길 수 있다.

이곳을 즐겨 찾았던 생텍쥐페리의《어린 왕자》나 알자스를 배경으로 쓰여진 알퐁스 도데의《마지막 수업》을 떠올리는 것만으로 매우 즐거운 시간이 될 것이다.

든든한 식사로도, 맛있는 안주로도 즐길 수 있는 브라스리 리프의 음식.

바스티유 광장의 철학 카페
카페 데 파르

바스티유 광장의 한쪽에 위치한 카페 데 파르는 1992년 니체 전공자이자 파리 10대학 교수였던 철학자 마르크 소테와 그의 친구들에 의해 만들어졌다. 철학에 관한 토론 모임을 가졌던 곳으로, 카페 입구에는 '최초의 철학 카페'라는 표지가 붙어 있다. 소테와 몇몇 사람들의 철학 토론으로 시작되었으나 점차 많은 사람들이 함께 모여 인생과 철학에 대한 이야기를 나누는 모임으로 발전한 것이다.

소테의 사망 이후에도 지속적으로 모임은 이어져 나갔고, '소크라테스를 위한 카페'라는 이름의 수십 개의 카페가 프랑스 전역에 생겨나게 되었다. 토론 주제는 심오하고 철학적인 주제도 있었지만 카페에 모인 사람들이 정하는 주제였기 때문에 우리의 일상에 대한 문제 제기나 부조리, 사랑 등 아주 다양했다고 한다.

'고통 없이 쾌락이 있을 수 있는가?', '진리란 존재하는 것인가?', '동일한 것은 무엇인가?', '부조리란 무엇인가?', '살아가

1er Bistrot Philo
CAFÉDESPHARES
1er Bistrot Philo

Café des Phares
1er Café Philo

는 것의 의미는 무엇인가?' 등, 우리의 삶을 다시 생각하게 해주는 철학적 질문과 그 답을 찾고자 하는 것들이 대부분이었다. 토론 주제로 '왜 그러한가?'도 있었다고 한다. 어쩌면 '왜?'가 가장 철학적인 주제가 아닌가 싶기도 하다. 카페에서 강연을 듣기만 하는 것보다 참여한 모두가 자신의 철학적 견해를 진지하게 나눌 수 있다는 건 무척 의미 있고 멋지다는 생각이 들었다.

카페 데 파르의 철학 모임은 매주 일요일 오전 10시 30분부터 12시 15분까지 연중무휴로 열린다. 평소에는 여느 카페와 다름이 없어 보여 나도 일요일 오전에 다시 이곳을 찾았다. 많은 사람들이 모여 이야기하는 소리가 들려온다. 나도 약간은 긴장을 하고 다시 그들의 모습을 보았다.

'철학 카페'라는 이름에 걸맞게 뭔가 고민하는 심각한 표정으로 철학적 사유 체계니 대타 존재 등을 논하는 사람들의 모습을 찾아보기 어려웠다. 대부분 소리 내어 웃으며 대화를 나누고 있어 처음에는 약간 낯설게 느껴졌다. '이전의 철학 카페의 모습이 사라져가는 것은 아닌가' 하는 안타까운 생각이 들어 다시 일요일에 시간을 내어 찾아온 것을 후회했다. 더구나 아침도 못 먹고 나온 터라 양파 스프와 간단한 샐러드를 주문했는데, 이곳에 대한 실망감 때문이었는지 맛이 없고 커피도 평범하다. 사진을 몇 장 찍고 가려고 그들의 모습을 담고 있는

간단한 아침 식사를 하기 위해 주문한 양파 수프와 연어 샐러드.

카페 테라스에 앉아
바스티유 광장의 기념탑을 바라보며
프랑스 혁명의 의미를 생각해본다.

데, '바로 이거야!'라는 생각이 불현듯 스쳐 지나갔다.

철학을 논하기 위해서 이성적인 접근이 물론 중요한 부분을 차지하지만, 우리의 삶에서 철학을 제대로 이해하기 위해서는 바로 일상적인 주변의 것들을 감성적으로 느낄 수 있어야 한다. 이곳에 모인 사람들은 철학을 논하기 위해서 바로 일상의 것들을 이야기하고 있는 것이고, 이는 어떤 철학 학회에서 탁상공론을 하는 것보다 의미 있게 다가왔다.

나도 다음의 여행 일정을 뒤로한 채 한동안 자리를 잡고서 앉았었다. 우리의 삶과 무관하지 않는 철학의 의미와 역할을 다시 생각하며 이곳에 모인 사람들의 웃음이 바로 파리를 지켜나가고 변화시켜나가는 힘이라고 느꼈다.

카페의 테라스에 앉아 1830년 7월 혁명을 기리는 바스티유 광장의 기념탑을 바라보며 그들의 현재를 있게 한 혁명정신을 생각해보는 것도 좋다. 철학이 단지 학문에 머물지 않고 하나의 문화가 되어 일상 속으로 들어오는 공간이 바로 카페일 것이다.

3

아티스트들의 아지트가 된 몽마르트르

이제 취할 시간입니다.
박해당하는 시간의 노예가 되지 않기 위해서는
끊임없이 취하십시오. 술이든, 시든, 도덕이든
아무 것이든 당신 마음대로 취하십시오.

-

샤를 보들레르

발걸음은 어느새 19세기 말 파리지앵들의 쾌락의 장소로 빠르게 변모하며 화가들뿐 아니라 많은 보헤미안들의 마음을 사로잡았던 몽마르트르로 향하고 있었다.
귀족적인 것과 비천한 것이 함께 공존하는 이곳 몽마르트르로 왜 사람들은 모여들었을까? 그들은 몽마르트르를 은밀하고도 신비스러운 낭만과 정취가 넘실대는 곳으로, 혹은 순간적이고 덧없는 환락과 취기의 장소로 표현했을까?
끝도 없이 미로처럼 구불구불하게 이어지는 골목길에서 나는 이 거리를 화폭에 담고 이 거리에서 호흡했던 화가들의 그림과 그들의 움틀거렸던 열정과 막연한 절망감이 서려 있는 삶을 조금이나마 느낄 수 있었다.

사크레쾨르 성당이나 몽마르트르 묘지, 살바도르 달리 미술관, 피카소나 모딜리아니 등의 예술 활동의 본거지였던 세탁선, 몽마르트르 포도밭 등을 구경하지 않더라도 고흐와 고갱 등 많은 예술가들이 머물렀던 아틀리에나 물랭 드 라 갈레트가 있는 르픽 거리, 르누아르의 아틀리에와 몽마르트르 미술관이 있는 코르토 거리, 로트렉의 아틀리에가 있었던 콩스탕스 거리를 걷는 것만으로도 누구나 절대적인 아름다움과 추함이 함께 공존했던 몽마르트르의 여러 모습에 대해 한참 동안을 열에 들떠 행복하게 말할 수 있는 이야기꾼이 될 수 있으리라.

가파른 언덕을 오르며 몽마르트르 거리를 걷다 보면 여기저기 노천 카페에서 '장밋빛 인생La vie en rose'이나 '파리의 하늘 아래Sous le ciel de Paris'와 같이 우리의 귀에 익숙한 흘러간 샹송을 연주하고 있는 사람들의 모습을 쉽게 볼 수 있다. 200여 년의 역사를 거슬러 올라가지 않더라도 이 거리를 걷는 것만으로도 자신의 삶을 되돌아보며 추억과 향수를 느낄 수 있을 것이다.

영화 〈아멜리에〉의 배경이 되었던 몽마르트르의 여러 장소를 떠올리며 그곳에 자리를 잡고 앉아 아멜리가 먹었던 크렘 브륄레를 숟가락으로 톡톡 쳐서 맛보며 아멜리와 니노의 예쁘고 달콤한 사랑을 꿈꿔보기도 한다. 몽마르트르의 카페들을 조금의 여유를 가지고 둘러보다 보면 그들의 일상이었을 이곳의 모습을, 그들 작품의 깊이를 이전과는 다른 낯선 기쁨과 전율로 만날 수 있을 것이다.

몽마르트르의 빨간 풍차
물랭 루즈

블랑쉬 광장을 마주하고서 낮에는 빨간 풍차로, 밤에는 화려한 쇼로 1889년 이래로 지금까지 여전히 사람들의 시선을 자극하고 있는 물랭 루즈는 로트렉의 포스터로 더 유명해진 세계 최고의 카바레이다. 프랑스어로 물랭moulin은 풍차를, 루즈rouge는 빨간색을 의미하므로, 물랭 루즈는 '빨간 풍차'라는 의미가 된다.

역사적으로 예술가들이 모여들었던 몽마르트르와 가장 깊숙하게 관련된 화가 하나를 뽑으라면 단연 툴루즈 로트렉Henri de Toulouse Lautrec, 1864~1901이라 할 것이다. 그는 1886년에서 1897년까지 몽마르트르와 함께 호흡한 진정한 몽마르트르의 화가로 몽마르트르 언덕의 카페나 카바레에서 술을 마시며 고통 속에 살았던 매춘부나 무희, 세탁녀의 모습을 그려나갔다. 신체적인 장애를 지닌 로트렉은 몽마르트르 거리와 물랭 루즈에서 술과 여인에게 위로받으며 그곳을 소재 삼은 셈이다. 로트렉의 많은 작품에서 당시 화려함과 슬픔, 아름다움과 추함이

ULIN ROUGE
Féerie
LA NOUVELLE REVUE DU MOULIN ROUGE

함께 공존했던 밤거리의 모습을 볼 수 있다. 몽마르트르로 가기 위해 지하철에서 내리면 몽마르트르의 상징이라고 할 수 있는 물랭 루즈의 빨간 풍차가 우뚝 서 있다.

지금도 "더 높이 라 굴뤼! 더 높이"라고 외치는 소리와 함께 존재의 무거움을 잠시라도 잊은 채 황홀한 표정으로 들떠 열광하는 사람들의 박수 소리가 들리는 듯하다. 120여 년 동안 계속적인 사랑을 받고 있는 이곳은 로트렉 그림에 자주 등장했던 라 굴뤼(La Goulue : '물랭 루즈'의 여왕으로 불린 댄서 루이즈 웨버의 별명)나 발랑탱 드 데조세, 프랭크 시나트라, 장 가뱅, 이브 몽탕, 에디트 피아프 등 수많은 가수들과 무희들이 스쳐 간 장소이기도 하다.

카드리유(Quadrille: 프랑스를 중심으로 19세기에 유럽 전역에서 대유행했던 춤으로, 주로 네 쌍의 커플이 마주 보며 춘다)를 추는 라 굴뤼와 발랑탱을 보기 위해 파리 살롱의 고상함을 버리고 귀족에서부터 화가, 비평가 등 사람들이 무리를 지어 이 유희의 장소로 매일 밤이면 습관처럼 몰려들었다. 레옹 아돌트 빌레트가 장식한 물랭 루즈 건물 위의 빨간 풍차는 오늘도 변함없이 클리시가의 하늘을 선회하며 사람들을 쾌락의 장소로 유혹하고 있다.

1889년 10월 6일 몽마르트르 언덕 아래에 있는 이곳은 축제 분위기로 들떠 있었을 것이다. 세계 박람회에 전시되었던 거대한 코끼리상으로 장식한 정원, 거울로 둘러싸인 실내, 대단한 소음, 화려한 춤을 추는 무희들을 보거나 당나귀 위에 한번 앉아보기 위해 귀족이나 왕족에서 일반 시민까지 너나 할 것 없이 이 들뜬 분위기를 느끼기 위해 블랑쉬 광장으로 몰려들어 즐거운 한때를 보냈을 것이다.

축제 분위기의 1889년 물랭 루즈.

흰 수염을 한 피사로 곁에는 고흐가 한 자리를 차지하고 있었을 것이다. 점묘화가 쇠라와 모네도 함께했을 것이다. 이곳에 로트렉이 빠질 수 없다. 그는 드가에게 뭐라고 쉴 새 없이 말하며 술을 권했으리라. 그들은 이곳에서 삶의 리듬을 찾았을 것이며, 그들이 앉은 테이블 주위로는 번뜩이는 아이디어와 미학적 움직임이 꿈틀거렸을 것이다.

소박한 무도회장인 렌 블랑쉬 자리에 커다란 무도회장을 만든 물랭 루즈 사장 샤를 지들러와 조세프 올레는 실내에 로트렉 등 여러 화가들의 작품을 걸어두고 발랑탱의 지도를 받은 여러 무희들의 화려한 춤과 술로 최상의 볼거리와 먹거리를 그리 비싸지 않은 가격에 제공하는 최고의 댄스홀로 성공을 확신했다. 하지만 손님들의 수가 조금씩 줄어들자 조금씩 불안해지기 시작했다. 개장 때의 그 인기가 계속해서 사람들의 마음을 사로잡지는 못했던 것이다.

어느 날 샤를 지들러 사장은 로트렉에게 자신의 고민을 털어놓게 된다. 로트렉은 포스터는 어디서나 볼 수 있는 장소에 뿌려져야 하고, 누구나 쉽게 흥미를 끌 수 있을 만한 것이라야 한다고 충고해준다. 쥘 세레가 디자인한 포스터처럼 당나귀에 앉은 미소 짓는 무희의 모습이 아니라 춤을 추는 여인의 모습, 다시 말해 춤 동작이 강조된 포스터를 로트렉은 한번 제작해 보겠다고 제안하기에 이른다.

인상적인 색채와 날카로운 실루엣으로 묘사된 로트렉의 포스터는 광고탑이나 공공장소 등 파리 전역에 뿌려졌고, 물랭 루즈는 대성공을 거두게 된다. 수집가들은 벽에 붙은 포스터를 떼어 가려고 혈안이 되었다고 한다. 한 장의 종이에 문자와 언어가 결합된 포스터는 문자를 읽을 수 없었던 노동자들에게 특히 강렬한 인상을 남겼다.

전시회에서 예술작품을 감상하기 어려웠던 노동자들은 몽마르트르에서 화가들이 선술집에서 한 끼의 식사 대신 걸어둔 그림으로 처음 문화를 접할 수 있었고, 포스터를 통해 노래

쥘 세레가 디자인한 물랭 루즈 포스터.

로트렉이 디자인한 라 굴뤼와 춤 동작이 강조된 포스터.

의 가사를 따라 부르며 서서히 문자를 읽고 이해하기 시작했다.

노동자 카페가 예술적 감성을 키워주는 학교였다면, 노동자들에게 최초의 텍스트이자 예술작품인 포스터는 교과서 역할을 했다고 할 수 있다. 부르주아들은 노동자를 '육체노동을 하는 계급', '적색분자', '야만인' 등 경멸적인 호칭으로 부르고 이곳 노동자들의 불결한 상태를 신문을 통해 널리 알림으로써 노동자 계급이 얼마나 혐오스럽고 위험한 사회 집단이라는 이미지를 보급하기도 했다.

하지만 파리 중심부의 빈민가에 공권력 투입을 막았던 바리케이트를 제거하기 위한 정치적 의도로 건설된 오스만의 파리시 개발 이후 북동부로 쫓겨났던 노동자들은 부르주아들이 보는 것처럼 불행한 삶을 살지는 않았다. 물론 높은 사망률과 질병률이라는 열악한 조건에서 힘겹게 하루 하루를 살아갔지만, 그들에게는 하루의 피로를 풀어줄 행복한 카페가 있었다. 그곳은 화려한 실내장식을 가지지도 않았고 특별한 것 하나 없이 소박했지만, 노동을 마친 뒤 서로 만나 사소한 개인사에서 정치적 견해에 이르는 폭넓은 이야기를 나누며 자신들의 방식으로 여가를 즐겼다. 그 과정에서 적대감을 풍자화한 노래를 함께 부르며 반反부르주아 계급 정체감과 유대감을 강화시키고 공동의 감수성을 발전시켜나가기도 했다.

바보 같은 사람들은
내가 그들을 욕하는 노래를 해도 그것을 모르지.
아마도 죽을 것 같은 배고픔은 무엇인지 모르고
입에 은수저를 달고 나온 것처럼 구는 사람들은
그것을 알 수 없을 거야.
나는 그들을 개 취급하면서 복수하지.
그게 사람들을 눈물을 흘리면서 웃게끔 하더군.
사람들은 내가 농담을 하는 줄로 알더군.
- 브뤼앙, 〈거리에서 Dans la rue,1888〉

노동자들은 일을 마치고 카페로 가는 것이 일상이 되어 매일 밤 술잔을 기울이며 수입의 대부분을 카페에서 날리기 일쑤였다. 무절제로 삶을 낭비하고 그들의 무질서와 도덕적 타락을 부르주아들이 비난하기도 했지만, 노동자 카페는 그들의 숨통을 열어주는 필수불가결한 장소로 노동자와 카페는 떼어놓을 수 없는 한 쌍의 멋진 조합이 되어갔다.

카페 포스터로 유명했던 물랭 루즈가 만들어내는 실루엣, 그곳에서 춤추는 무희들의 모습보다 로트렉을 더 강하게 유혹하는 것은 없었다. 매일 그는 작업을 하기 위해, 고통을 잊기 위해 무도회장을 찾아 나섰다. 무희들의 높이 뛰어오르는 모습을

툴루즈 로트렉, 물랭 루즈에서, 1892년, 시카고 아트 인스티튜트.
그림 뒤쪽에는 로트렉과 그의 사촌 타비에르 셀레이랑, 붉은 머리를 손질하는
라 굴뤼의 모습이, 오른쪽 끝에 있는 네리 양은 특수 조명효과로
가면을 보는 듯한 특이한 느낌을 주고 있다.

FRENCH CANCAN

MOULIN
LA LOCO
Féerie

바라보며 로트렉은 자신의 절망과 삶의 무게를 몽마르트르의 풍차가 돌고 있는 하늘 위로 날려 보냈을 것이다.

로트렉은 가장 열광적인 관중이 되어 물랭 루즈에서 자신의 육체로는 불가능한 춤추는 무희들의 육체를 탐욕스럽게 그려나갔다. 하지만 깊은 밤이 되면 공연은 끝이 났고, 달랠 길 없는 허기와 고요만이 그를 몽마르트르 거리로 내팽개쳤다. 그에게는 그런 밤이 가장 큰 고통이었다. 다시 콩스탕스 거리에 있는 자신의 아틀리에로 돌아가기 전 그는 친구들에게 술을 권했고, 혼자 한참을 여기저기 배회하기도 했으리라. 그에게 있어 술은 쾌락을 찾기 위한 것이 아니라 그의 절망과 분노를 내뿜기 위한 것이었다.

몽마르트르의 밤거리를 전전하며, 무도회장에서 무희들의 화려함 뒤에 숨겨진 비애를 격렬하게 그려나가며 로트렉은 자신의 육체에 대한 절망감을 표출한 것일까? 그림에 대한 광기 어린 열정과 그가 벗했던 친구와 여인들로 일생에서 잠시나마 그가 바란 대로 행복한 순간의 삶을 살았다고는 하나 서른일곱의 나이로 요절한 그가 느꼈을 허기와 절망, 극한의 외로움을 생각하며 물랭 루즈를 대하니 눈물이 내 눈을 가득 채웠다. 하지만 지금의 이곳에서는 19세기 당시의 그런 낭만은 찾아볼 수 없었고, 대부분 환락가의 낮 거리에서 느낄 수 있는 쓸쓸함만이 감돌았다.

오늘날에도 밤이 깊어지면 사람들은 물랭 루즈로 발길을 옮긴다. 저녁과 함께 샴페인을 포함한 쇼 관람은 세 개로 나눠지는데, 프렌치 캉캉 공연 이름에 로트렉이 붙어 있는 걸 보면 이곳이 로트렉과 얼마나 깊은 연관이 있었는지를 알 수 있다. 무대를 가득 메운 100여 명의 무희들이 1,000벌이 넘는 화려한 옷을 갈아입으며 펼쳐 보이는 쇼를 보고 있노라면 그 눈부심에 감탄할 것이고, 카드리유라는 자신만의 독특한 춤을 유행시켰던 라 굴뤼를 모델로 한 로트렉의 그림에서 몽마르트르와 물랭 루즈를 추억할 수 있을 것이다.

르누아르의 무도회
물랭 드 라 갈레트

어느새 내 발길은 구불구불한 골목길로 이어진 몽마르트르의 언덕을 올라 그 꼭대기에 위치한 물랭 드 라 갈레트로 향하고 있었다. 당시 파리 교외 지역이었던 몽마르트르는 오스만 남작에 의해 이루어신 도시 재건축의 영향을 그리 많이 받지 않은 곳으로 14개의 풍차와 포도밭, 농가로 덮인 한가로운 농촌 마을이었고 이곳에서 파리 시내로 포도가 공급되었다고 한다. 당시 파리의 화가들은 파리 재개발에 의한 높은 집세 때문이기도 했지만, 이런 아름다운 모습에 끌려 몽마르트르를 찾곤 했다.

지금 이곳에는 두 개의 풍차와 하나의 몽마르트르의 포도밭만이 남아 있다. 화가들의 작품에 자주 등장했던 이곳 물랭 드 라 갈레트도 그림 속 사람들이 춤을 추던 정원은 세월과 함께 사라지고 지금은 레스토랑이 되어 이곳을 추억하고자 하는 사람들을 맞이하고 있었다.

르누아르 그림처럼 나무가 무성하지도 정원이 크지도 않

LE MOULIN DE LA GALETTE

았지만, 예쁜 테라스에 앉아 그 당시 드레스를 한껏 자랑하기 위해서 혹은 몰래 폴카 춤을 추기 위해 집에서 빠져나왔던 소녀들과 같은 설렘으로 화가들의 모델인 양 포즈를 취하고서 이곳에서 행복한 한때를 보내는 것도 잊을 수 없는 추억이 될 것이다.

고흐Vincent Van Gogh, 1853~1890가 그린 〈물랭 드 라 갈레트〉에서는 도시화되지 않은 전원적인 몽마르트르의 모습이 잘 담겨져 있다. 이전에 탈곡장으로 쓰이는 곳을 댄스 홀로 사용한 물랭 드 라 갈레트는 파리지앵들의 인기를 독차지하고 있던 마지막 남은 시골풍의 무도회장을 소재로 찾는 화가들이 자주 드나들던 장소였다.

주말이 되면 부르주아와 노동자 모두는 너 나 없이 이곳에 춤추러 오는 아가씨들을 만나 즐기기 위해 언덕을 올라 이곳을 찾아왔다. 로트렉이나 르누아르 등 이곳의 단골 손님들과 라 굴뤼와 같은 무희들은 그들과 어울려 춤을 추기도 했다. 물랭 루즈의 최고의 인기 스타였던 라 굴뤼가 데뷔한 곳도, 그녀가 르누아르를 만난 곳도 바로 이곳이다.

이곳을 가장 유명하게 한 사람은 누가 뭐라 해도 르누아르Auguste Renoir,1841~1919일 것이다. 우울한 그림은 그려본 적이 없는

반 고흐, 물랭 드 라 갈레트, 1886년, 오르세 미술관.

그답게 이곳에 모인 사람들의 모습을 경쾌하고 아름답게 화폭에 담았다. 이곳에 자주 드나들던 친구들과 춤을 추러 온 여자들의 움직임을 더 섬세하게 그려내기 위해 르누아르는 이곳에서 그리 멀지 않은 코르토 거리에 아틀리에를 얻어 1년 넘게 작업을 했다. 귀스타브 제푸르아는 르누아르의 〈물랭 드 라 갈레트의 무도회〉에 대해 이렇게 말하고 있다.

> 〈물랭 드 라 갈레트의 무도회〉는 생생한 관찰과 빛으로 번뜩이는 분위기가 완벽하게 압축된 작품이다.
> 춤과 소란스러움과 햇살과 야외 무도회장의 흙먼지에 도취된 홍분한 얼굴들, 자유로운 포즈, 분홍, 파랑, 검정색으로 포착된 소용돌이치는 드레스에서 배어나는 리듬감, 열정적인 움직임, 드리워진 그림자, 흐르는 듯한 열기, 즐거움과 권태로움 등이 복합되어 있다. 또한 섬세한 표정에 갖가지 손 모양을 하고 느긋한 태도를 보이거나 열정을 불사르고 태워버린 듯한 무도회의 가엾은 여주인공들에게선 희망과 도취감, 절망적인 무료함이 함께 엿보인다.

로트렉Henri de Toulouse Lautrec, 1864~1901도 이곳을 모티브로 삼아 그림을 그렸다. 긴 의자에 앉아 중산모를 쓴 남자인 화가 조제프 알베르가 세 명의 여자를 바라보고 있는 1889년 로트렉

오귀스트 르누아르, 물랭 드 라 갈레트의 무도회, 1876년, 오르세 미술관.

툴루즈 로트렉, 물랭 드 라 갈레트에서, 1889년, 시카고 아트 인스티튜트.

의 〈물랭 드 라 갈레트에서〉는 그곳에서 춤추는 사람들의 순간적인 모습을 생생하게 포착한 대형그림이다. 르누아르의 그림보다는 다소 무거운 느낌이 들고 춤을 추러 온 사람들의 즐거움은 다소 덜 표현된 것 같지만, 빠른 스케치로 역동감 있는 사람들의 모습을 그려냈다.

이외에도 몽마르트르에서 색채를 발견한 피카소와 위트릴로도 이곳을 모티브로 그림을 그렸다. 이렇듯 한 장소를 여러 화가가 그린 경우는 그리 흔하지는 않을 것이다.

'갈레트galette'는 그 당시 이곳의 소유주였던 드블레이가 우유와 함께 팔았던 작은 호밀빵의 이름이다. 1830년부터 드블레이는 갈레트와 뮈스카 포도주를 함께 팔기 시작했고 이곳은 카바레로, 선술집으로, 무도회장으로 여러 차례 모습을 바꾸었다. 1979년 다시 복원된 물랭 드 라 갈레트는 예쁜 테라스와 계절 요리가 준비된 레스토랑으로 손님을 맞고 있다.

이곳에서 파는 간단한 음식은 그리 비싸지 않지만 앙트레, 메인, 디저트를 따로 시킬 경우는 좀 비싼 편이다. 친구들과 함께 갔을 때는 여러 음식을 시켜서 나누어 먹으며 서로 다른 맛을 느껴보는 것도 좋을 것 같다.

내가 미식가가 아니어서인지 안심 스테이크나 닭 요리는 다른 곳의 맛과 큰 차이를 느낄 수 없었지만 참치살 요리나 토

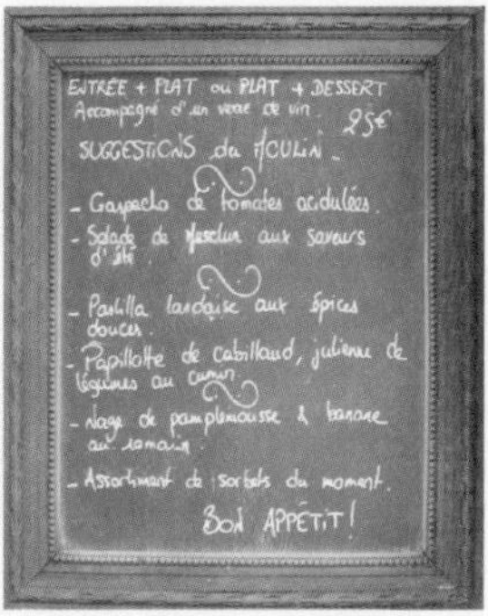

치즈와 무화과 요리 등, 이곳의 메뉴들은 새로웠고 맛있었다.

LE MOULIN DE LA GALETTE

LE MOULIN
DE LA GALETTE
RESTAURANT

마토와 가지를 곁들인 생트 모 염소젖 치즈, 가리비 요리는 색다른 맛으로 아직도 기억에 남는다. 투렌 지방에서 생산되는 최고의 치즈인 생트 모 치즈를 이곳에서 맛보니 느낌이 남달랐다. 보통 숙성된 염소젖 치즈만을 먹어봤었는데, 이곳에서는 푸른색 곰팡이도 없어 가르송에게 물어보니, 이 치즈는 숙성이 되지 않은 치즈라 그렇다고 했다. 난 너무 진한 염소젖 치즈 맛보다는 이렇게 숙성이 덜 된 맛이 훨씬 좋았다. 호두 향이 좀 나는 것도 같았다. 햄과 멜론을 부채같이 장식한 요리와 무화과 요리도 있었는데, 색이 너무 예뻐서 먹기가 아까울 정도였다.

친구들을 만나기 위해서나 화폭에 이곳을 담기 위해 누구보다도 자주 이곳을 드나들었던 화가들의 그림과 삶을 추억하며 식사를 한다면, 그 어느 곳에서보다 맛있는 추억의 시간을 가질 수 있을 것이다.

보헤미안이 사랑한 상송 바

라팽 아질

이번에는 자유와 사랑을 노래한 보헤미안들이 모여 노래를 부르며 시인은 시를 짓고 화가는 자유로이 그림을 그리며 예술을 이야기했다던 라팽 아질로 발길을 돌렸다. 그들이 느꼈을 정취를 나도 함께하고 싶어서였다.

몽마르트르 미술관이 있는 코르토 거리를 지나 이어지는 솔 거리와 생 뱅상 거리가 만나는 곳에 있는 라팽 아질은 그림과 같이 조용한 모습이었다. 생 뱅상 거리의 모퉁이에 울타리로 둘러쳐진 테라스는 구부러진 아카시아 나무 사이로 이곳을 찾는 사람들을 기다리고 있는 듯했다.

16세기 헨리 4세의 사냥 휴식터이기도 했던 이곳은 몽마르트르 포도밭에 터를 잡았던 오두막으로, 원래 이름은 '암살자의 주점Cabaret des assasins'이었다고 한다. 자유로운 방랑 시인으로 이곳을 자주 드나들었던 랭보와 베를렌의 친구였던 앙드레 질이 그린 간판에 의해 이곳의 이름이 '민첩한 토끼'라는 뜻

AU
LAPIN AGILE
CABARET
RUE DES SAULES
AU
LAPIN AGILE
CABARET
Poèmes et Chansons
VEILLÉES VERS 21H

AU LAPIN AGILE
CABARETS
CHANSONS, HUMOUR, POÉSIE

의 라팽 아질Lapin agile로 바뀌게 된다. 앙드레 질은 1875년에 풍차 앞에서 포도주 병을 흔들며 냄비에서 뛰어나오는 토끼의 모습을 이곳 간판으로 그리고 거기에 자기 이름을 넣어 'Lapin A. Gill'이라고 사인해놓았는데, 그게 '라팽 아질Lapin Agile'로 바뀌게 된 것이다.

쉬잔 발라동이 그린 위트릴로.

낮이어서인지 라팽 아질의 문은 굳게 닫혀 있었고, 이곳을 찾는 많은 관광객들은 마치 위트릴로가 그린 〈라팽 아질〉 작품을 감상이라도 하듯 한참씩 그곳에서 있기도 했다. 이곳을 불멸의 장소로 만든 사람은 누가 뭐래도 위트릴로일 것이다. 나도 이곳 테라스로 들어가 잠시 의자에 앉아 쉬다가 내부를 들여다 보았지만 아무것도 보이지 않았다. 몽마르트르 포도밭 맞은 편에 있는 이곳의 조용하게 닫혀진 창문 사이로 시와 노래와 유머가 흘러 넘치는 것 같은 착각이 들었다.

열려진 창문을 통해서 바라보는 자는 닫혀진 창문으로 바라보는 사실들을 결코 발견할 수 없으며, 희미한 불빛에 의해 밝혀진 닫혀진 창문만큼 깊고 신비하며 풍요하고 어둡고 빛나는 것은 없는 것이라 했던가? 분명 아무 것도 보이지 않는 그곳

앙드레 질이 그린 토끼의 모습이 이곳의 상징이 되었다.

모리스 위트릴로, 눈 덮인 라팽 아질, 1935년.

에서 난 여러 모습을 함께 볼 수 있었기 때문이다. 정말 흥미롭고도 신나는 경험이었다.

라팽 아질의 한구석에 취기와 외로움으로 비틀거리는 위트릴로가 앉아 있고, 그 곁에 시를 쓰고 있는 아폴리네르를 그리고 있는 마티스의 모습이 보이는 듯했다. 그들은 '시에 의해서 혹은 화가들의 붓에 의해서 모든 것을 바꿀 수 있다'느니 '사랑을 향해 떠나는 보헤미안의 행복' 등을 이야기하며 새벽이 밝아올 때까지 시와 예술, 혹은 사랑과 삶에 대해 끝없는 대화를 나누었을 것이다. 아마도 그들은 랭보의 시 〈감각〉을 같이 읊었을지도 모르겠다.

구두점을 빼버린 아폴리네르의 시 〈포도월〉도 라팽 아질 맞은 편에 있는 몽마르트르 포도밭을 떠올리며 이곳에서 써내려간 게 아닌가 싶기도 하다. 하지만 내 생각일 뿐 확실하지는 않다. 파리의 비싼 임대료를 감당할 수 없었던 가난한 예술가들의 아지트였던 낡은 목조 건물 세탁선(바토 라부아르Le Bateau-Lavoir)에서 작업을 하던 피카소와 모딜리아니도 이곳에 자리를 잡고 앉아 서로에게 위안을 얻고 자극을 받으며 서로의 예술세계를 발전시켜나갔으리라.

매일 밤 9시부터 2시까지 문을 여는 곳이라 좀 부담이 되어 그냥 라팽 아질의 낮 모습만으로 만족하자고 마음먹었는

1890년~1920년 몽마르트르 예술과 문학의 메카였던 세탁선. 피카소, 모딜리아니 등이 예술 활동을 했으며, 입체파의 서막이라고 할 수 있는 피카소의 〈아비뇽의 처녀들〉이 그려진 곳도 바로 이곳이다.

데, 자꾸 이곳의 내부를 보고 싶은 마음에 자리에 누워도 잠이 오지 않았다. 난 용기를 내어 이곳을 다시 찾아가기로 했다.

밤의 몽마르트르는 낮과는 사뭇 다른 느낌이었다. 당대에 비난과 함께 손가락질까지 받았던 화가들이 그들의 고통을 토로하기 위해 만났던 라팽 아질의 모습은 어떻게 변했을까? 위트릴로와 발라동의 사진에서 보였던 라팽 아질의 모습을 떠올리며 그곳을 향했다. 내부를 바꿨는지 알 수는 없지만, 벽에 걸린 그림과 램프, 탁자의 모습이 내가 보기엔 사진에서 보던 모습과 크게 달라진 게 없어 보였다. 이렇게 오래된 것을 그대로 간직하다니 놀라웠다. 아마도 이전에 이곳에 머물렀던 화가나 시인, 작가를 추억하기 위해 이처럼 고스란히 간직하지 않았을까.

아주 작은 잔에 포도 알이나 버찌 알을 너댓 개 담은 술이 나오는데, 나는 술을 마시지 않아 맛을 보지는 못했다. 같이 간 사람들은 쓰지만 달콤하고 향기롭다고 한두 잔을 더 주문하기도 했다. 갑자기 아주 가까이에서 노랫소리가 들려왔다. 우리 테이블로 몇 명이 와서 연주를 하며 신나게 노래를 불러주는 게 아닌가! 깜짝 놀라긴 했지만 무척 신나는 밤이었다. 아는 샹송도 몇 곡 있어 더 흥이 났는지도 모른다.

이곳을 다녀가길 참 잘했다는 생각이 들었다. 샹송과 시를 읊고 따라 부르며 낭만적인 추억의 시간을 갖고자 하는 사람에게 이곳을 권하고 싶다. 하지만 이 글을 읽는 모두가 이 공간에 매료되지는 않을 것이다. 함께 간 사람 중에는 이곳의 분위기를 그리 좋아하지 않은 사람도 있었으니 말이다. 너무 공간이 좁고 어두침침하다나. 하지만 시나 문학을 알고 화가의 삶을 추억하고자 하는 사람이라면 누구나 이곳에 들러 멋진 시간을 가질 수 있을 것이다. 또 파리에 들르게 되면 나는 라팽 아질을 다시 찾아갈 것이다.

간단한 술과 음악을 함께 즐길 수 있어 라팽 아질에서의 시간은 흥겨웠다.

발라동을 떠올리며

메종 로즈

화가들의 아틀리에가 즐비했다는 쥐노 거리와 코르토 거리를 걷다가 코르토 거리와 인접한 아부르부아 거리에 있는 예쁜 카페 하나를 우연히 보게 되었다. 분홍색으로 칠해진 아주 조그만 카페였다. 좀 피곤하기도 했고 이 예쁜 카페에서 차 한 잔을 마시고 싶다는 생각도 들어 안으로 들어가 보았다.

작은 테이블이 4개 정도 놓여져 있었는데, 화려한 느낌은 그 어느 곳에서도 찾을 수 없었지만 뭔가가 나를 끌어들이는 매력 있는 장소였다. 삐그덕거리는 나무 계단을 오르면 2개의 테이블과 주방이 있었고, 그 위로는 한두 명 정도가 겨우 앉을 수 있을 만한 작은 다락방이 있었다. 참 재미있고 특이한 곳이었다. 벽면에는 온통 위트릴로와 그의 어머니였던 쉬잔 발라동의 사진이 걸려 있었다.

나는 이곳도 라팽 아질처럼 위트릴로와 그의 어머니가 자주 드나들었던 곳이었나 보다 생각했다. 차를 가져다 준 사람에게 "위트릴로와 그의 어머니가 이 카페를 좋아했었나요?"라

La Maison Rose

고 물었더니, 그게 아니고 이곳이 바로 그들이 살았던 집이라고 알려주었다.

그 말을 듣고 나는 얼마나 가슴이 뛰고 설레었는지 모른다. 그곳의 모든 것들이 낯설지 않게 느껴지기 시작했고, 순간 불행했던 위트릴로와 그의 어머니 쉬잔 발라동의 삶이 이 공간에서 그려졌다. 가슴이 아파왔다. 장미꽃으로 장식된 테라스와 분홍빛의 예쁜 공간에서 르누아르의 모델로 등장하는 예쁜 소녀의 모습이 떠오르기도 했지만, 그들이 지녔던 당시의 고통을 감추려는 듯한 느낌이 더 들었다.

사생아로 태어난 쉬잔 발라동Suzanne Valadon 1865~1938은 9살 때부터 자신이 생계를 책임져야 했다. 어려서 시작했던 서커스의 공중그네 타는 일을 하다 그네에서 떨어져 더 이상 그 일을 못하게 되었고 화가의 모델이 된다. 화가의 모델이 화가의 정부로 생각되던 시절, 19세의 어린 나이로 위트릴로를 낳았으니 주위의 따가운 시선 때문에 그녀의 불안과 고통은 얼마나 컸을까.

다른 사람들뿐 아니라 위트릴로 자신조차도 누가 아버지인지 몰랐다고는 하지만, 나는 그 사실을 믿지 않는다. 그녀는 위트릴로의 아버지가 누구인지를 분명 알고 있었을 테지만, 자신만이 그 비밀을 간직한 채 외롭게 살아갔을 것이다.

사랑스러운 컬러와 외관, 소박하고 편안한 분위기의 메종 로즈.

르누아르의 잘 알려진 작품 〈부지발의 무도회〉 속 춤을 추는 사랑스러운 여성과 로트렉의 〈페르난도 서커스의 곡마사〉 속 연초록색 옷을 입은 곡마사의 모델이 쉬잔 발라동이다.

'마리아'로 불린 마리 클레망틴은 16세가 되던 해에 서커스단의 곡예사 일을 그만두고 잠시 꽃가게에서 일하게 되는데, 그때 르누아르를 만나게 된다.

아가씨, 꽃을 좋아하나 보군요.

꽃은 여자와 비슷한 점이 많지요.

아름다운 아가씨, 내 그림의 모델이 될 수 있나요?

르누아르의 갑작스런 제안을 받고 마리아는 잠시 망설였지만, 당시 매춘과도 같았던 모델이 되기로 그녀는 결심한다. 자신의 절망적인 상황을 바꿀 수 없다고 생각했기 때문일 것이다. 많은 몽마르트르의 화가들은 그녀의 아름다움을 그리며 그녀의 사랑을 탐닉했다. 마리아는 화가들의 모델이 될 때 자신의 결정을 후회하며 회한의 눈물을 흘기기도 했지만, 화려한 생활에 다소의 평온함과 자유로움을 느꼈다고 한다.

소녀 '마리아'는 여인 '쉬잔 발라동'이라는 이름을 얻게 된다. 동그란 얼굴에 자그마한 키, 밝은 갈색 머리카락, 빛나는 파란 눈을 가진 발라동의 모습은 오귀스트 르누아르, 툴루즈 로

오귀스트 르누아르, 부지발의 무도회,
1883년, 보스턴 미술관.

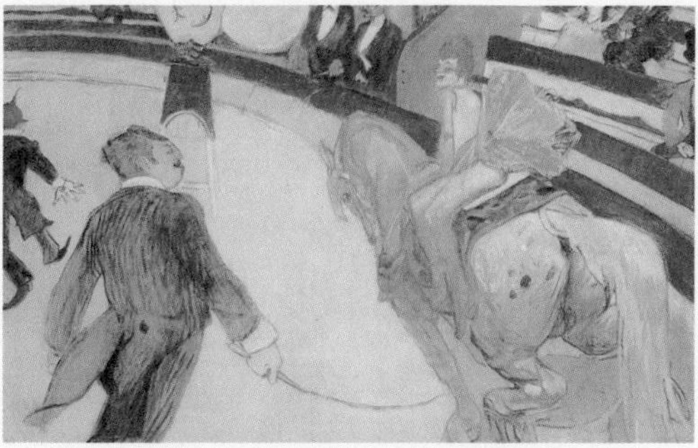

툴루즈 로트렉, 페르난도 서커스의 곡마사,
1888년, 시카고 아트 인스티튜트.

트렉, 퓌뷔 드 샤반, 에드가 드가의 그림에서 만날 수 있다. 발라동은 몽마르트르의 카바레와 선술집에서 춤을 추었고, 자신이 살았던 작은 집 메종 로즈에서 서글프게 낙망한 시선으로 술잔을 기울이곤 했다.

그녀의 아름다움에서는 고혹한 섬세함보다는 매혹적인 상스러움, 우아한 속임수, 달콤한 배신이 느껴진다. 이는 자신의 비참한 과거와 수치스러움을 감추려고 했던 속임수가 화가들의 시선에 의해 포착된 것은 아닌가 싶다.

발라동은 코르토 거리에 살았던 작곡가인 에릭 사티와도 6개월 정도 동거를 했다고 한다. 그때 위트릴로는 열 살이었다. 몽마르트르의 이곳 저곳에서 피아노를 쳐주며 생계를 이어가던 에릭 사티가 쉬잔 발라동을 처음 보았을 때, 그녀는 로트렉과 춤을 추고 있었다고 한다. 한평생 한 여인만을 사랑했던 에릭 사티. 그 여인은 자신과 짧은 기간 동안 사랑을 나누었지만 다른 남자를 사랑했고, 다른 남자의 품으로 가버렸고, 아들의 친구를 사랑하는 무모한 여인이었다.

에릭 사티의 고통도 컸을 것이다. 왜 그녀는 그런 삶을 살았을까? 그녀가 그린 삶의 고뇌가 고스란히 배어 있는 벌거벗은 여인이 바로 그녀 자신의 모습이 아니었을까 싶다. 이곳 다락방에 올라가 혼자 하염없이 눈물의 밤을 보냈으리라 생각하니 나도 가슴이 아파왔다. 가난뱅이 씨로 불리웠던 에릭 사티의 짐노페디 선율은 지금 들어도 몽마르트르의 슬픔과 참 닮아 있다는 생각이 든다. 그가 840번 반복해서 연주하라고 쓴 벡사시옹은 그의 삶에 대한 기다림과 번민을 담은 것은 아니었을까.

샤 누아르의 이전과 현재의 모습.

에릭 사티가 피아노 연주를 했던 검은 고양이 '샤 누아르Chat noir'는 현대적인 카페로 사티를 추억하는 사람들을 맞고 있다.

사티의 흔적을 더 찾고 싶다면 아름다운 노르망디의 옹플레르로 가면 된다. 지금은 박물관으로 운영되는 에릭 사티의 집에서 쉬잔 발라동과의 이루어지지 못한 사랑을 떠올리며, 그의 음악과 삶을 더 깊이 느낄 수 있다.

4

몽파르나스의 카페에 사람들이 모여들다

나는 낡은 비옷을 걸쳐두고 물기를 말렸다.
색바랜 펠트 모자는 긴 의자의 모자걸이에 걸었다.
그리고 밀크커피를 주문했다.
주머니에서 수첩과 연필을 꺼내
글을 쓰기 시작했다.

-

어니스트 헤밍웨이

나는 1920년부터 문인들과 예술가들의 사랑을 받으며 '센강의 몽마르트르'로도 불렸다는 몽파르나스로 발길을 돌렸다.

지금은 이곳에 파리에서 가장 높은 건축물인 몽파르나스 타워가 우뚝 서 있고, 리옹역과 더불어 편리하고 가장 큰 규모를 자랑하는 몽파르나스역, 러시아 태생의 조각가로 고흐의 동상을 조각하기도 한 자드킨 미술관, 소설가 모파상과 실존주의 철학자 사르트르와 보부아르, 〈고도를 기다리며〉의 사무엘 베케트, 〈대머리 여가수〉의 외젠 이오네스코 등이 묻혀 있는 몽파르나스 묘지, 지하묘당인 카타콩브, 수많은 영화관 등이 있다.
현대화된 몽파르나스는 옛 모습을 그대로 간직한 채 더욱 매혹적이고 활기 넘치는 공간으로 만들어가고 있었다.

몽파르나스가 몽마르트르의 예술가들을 끌어들인 것은 무엇이었을까? 몽마르트르의 카페들은 더 이상 노동자들의 삶의 휴식처가 아니었다. 취기에 의지한 그들의 삶을 더욱 비참하게 만들었고, 72도나 되는 압생트로 육체와 정신은 병들어갔다.
예술적 영감이 떠오르지 않는 화가들은 붓을 놓았고, 작가들은 밤새도록 하얀 종이에 검은 글씨로 글을 채우지 못한 채 절망감으로 또 술을 마셨다. 아마도 도저히 헤어나올 수 없을 것 같은 고통에서 벗어나고자 활기가 넘쳐나는 몽파르나스 거리로 모여든 것이 아닐까.

'에콜 드 파리'라는 몽파르나스 중심으로 모인 외국인 화가들도 이 거리의 카페로 모여들었다. 이탈리아 출신의 모딜리아니, 러시아 출신의 샤갈, 폴란드 출신의 키슬링, 불가리아 출신의 파스킨 등이었다. 이들은 조국은 달랐지만, 프랑스적인 정서로 그들이 지닌 불안과 고뇌를 서로 위로해주었을 것이다.
아마도 그들은 몽파르나스역에서 내려 이곳의 카페로 걸음을 재촉하며 모여들었을 것이고, 몽파르나스역에서 출발하는 티켓을 든 친구와 이곳에서 마지막이 될지도 모를 아쉬운 이별의 순간을 보내기도 했을 것이다.

나도 그들이 즐겨 찾았던 카페에 빨리 가고 싶어졌다. 현대적으로 단장한 몽파르나스 타워와 주위의 도시적 분위기가 넘쳐나는 거리에 숨어 있는 이곳의 옛 정취와 열정을 느껴보고 싶었다. 그래서일까. 쿠폴을 찾아가는 내 발걸음은 그 어느 때보다 가벼웠다.

밤은 아름다워라
쿠폴

나도 모르는 사이에 내 발길은 화려한 불빛의 공간으로 향하고 있었다. 그 거리에 서 있다 보면 누구라도 그런 이끌림을 경험할 수 있을 것이다. 실내는 여러 영화에서 봤던 것처럼 아름다웠으며, 그 멋진 공간을 가득 메운 모인 사람들 역시 몽마르트르에서 봤던 사람들과는 사뭇 다른, 훨씬 화려하고 사치스러운 느낌이 들었다.

거물급 인사들과 영화배우들이 많이 와 더 유명해졌다는 이 카페의 황홀한 공기를 마시고자 나도 한 자리를 차지했다. 이곳을 다녀간 사람으로는 모딜리아니와 장 콕토, 키슬링 이외에도 루이 암스트롱, 헨리 밀러, 시몬 드 보부아르, 만 레이, 조세핀 베커, 헤밍웨이, 달리, 마르렌느, 자코메티, 장 폴 벨몽도, 제라르 드파르듀 등 그 수를 셀 수 없을 정도라 한다. 아폴리네르는 메르퀴르지에 '몽파르나스의 카페는 곧 화가들과 가수, 시인들을 가지게 될 것이고, 클로즈리 데 릴라에 노래를 하러 오는 브뤼앙 같은 가수가 있을 것이다'라는 글을 쓰기도 했다.

Coupole
LA COUPOLE

나는 유쾌하게 웃으며 흥겨워하는 사람들 하나하나의 모습을 관찰해본다. 그들에게는 좀 미안한 일이긴 하지만, 다른 사람들의 모습을 그들 몰래 훔쳐보는 것은 무척 재미있는 일이다. 그들 대부분은 이곳에서 글을 쓰거나 작업을 하기 위해 온 것 같지는 않아 보였다. 이전 사람들이 맛보았던 즐거움을 은밀히 맛보기 위해서나 저녁나절을 즐기기 위해 이곳을 찾은 듯했다.

이곳의 실내 중앙에 있는 조각상과 둥근 천장은 이곳을 더욱 멋진 공간으로 만들어주고 있었다. 샤갈과 브랑쿠시가 장식한 기둥과 붉은 벨벳으로 된 의자, 화려한 색채와 입체주의를 느끼게 하는 기하학적 무늬의 타일로 장식된 바닥, 정중하고 친절한 가르송들은 이곳의 화려함을 더해주고 있었다.

쿠폴에서는 폴란드 출신의 화가 키슬링과 강렬한 색채를 이용한 입체주의를 실현한 레제가 그린 그림도 감상할 수 있었다. 레제는 이곳과 가까운 노트르담 데샹 거리 86번지에, 키슬링은 조셉 바라 거리에 머무르며 그림을 그리다 이곳을 자주 드나들었다.

그 당시 여러 화가들의 사랑을 한몸에 받았던 키키의 아름다운 모습을 보기 위해 모딜리아니와 만 레이는 이곳이나 이 주변의 카페에 자주 드나든 건 아니었을까. 이곳에서는 모딜리

예술적 분위기가 물씬 풍기는 곳이다.
조각상과 둥근 천장은 이 공간을 더 멋지게 만들어준다.

모딜리아니, 장 콕토의 초상, 1917년.

아니와 키슬링, 콕토 등이 모여 이야기를 나누기도 했을 것이고, 그러다 모딜리아니가 콕토에게 초상화를 그려주겠다고 했거나 아니면 콕토가 부탁을 했을 것이고, 카페에서 이 작업을 하다 키슬링의 아틀리에에서 초상화를 완성하지 않았을까 싶다.

모딜리아니는 이 초상화에서 장 콕토의 섬세함을 예리하게 포착해냈다. 그는 얼굴을 길쭉하게 늘여놓기도 하고, 눈을 도려내기도 하고, 목을 길게 늘여놓기도 했다. 이런 모든 것이 그의 눈과 혼과 손에 의해 재구성된 것이다.

> 쉼 없이 사람들의 얼굴을 그리면서 그는 사람들을 판단하고, 간직하고, 사랑하고 또 비난하기도 한다. 그의 데생은 말 없는 대화인 것이다.
>
> _장 콕토

검은 모자를 쓰고 밤색 빌로드를 옷을 입은 짙은 갈색 눈의 모딜리아니는 "저는 모딜리아니라는 유태인입니다. 초상화는 5프랑입니다"라고 말하며 사람들의 초상화를 그려주었다고 한다. 매일매일 빵을 걱정하는 힘든 생활을 하며 고작 20수우를 얻기 위해 하루 저녁에 20개 정도의 초상화를 그리기도 했지만, 모딜리아니는 아무에게나 오로지 돈을 벌기 위해서 날림으로 초상화를 그려주는 그런 화가는 결코 아니었다.

그가 카페에서 그린 초상화 한 장 한 장에는 그의 혼이 함께 깃들어 있었다. 외국에서 온 화가나 문인들은 자신들의 고향에서보다 이곳에서 친구들을 더 많이 볼 수 있었다고 한다. 그들은 이곳에서 만나 서로 친구가 되어 밤을 지새며 문학과 예술을 이야기하며 즐거운 시간을 보냈을 것이다. 그들은 새벽이 밝아올 때 "새벽이야! 날이 밝았어!L'aube! L'aube!"라고 외쳐댔다고 한다.

르 돔에서 일하던 에르네스트 프로와 르네 라퐁이 목재와 석탄 창고를 인수하여 만든 유럽 최고 레스토랑 쿠폴에서는 지금도 1927년 12월 20일 밤 개막식을 하고서 2,500명의 초대객들이 1,200병의 샴페인을 마셨던 그때의 술렁거림이 느껴지는 것 같다. 그때 당시 실내 장식가였던 솔베의 주도 하에 몽파르나스 32명의 예술가가 참여하여 실내를 장식했던 그 모습을 쿠폴은 지금도 그대로 간직하고 있다.

1920년대 파리의 카페는 무명 화가들의 작품을 전시할 수 있는 유일한 공간이기도 했다. 32명의 화가들은 이곳을 장식할 그림을 어떻게 그렸을까? 갑자기 내 머리는 즐거운 상상으로 행복해졌다. 이곳의 가르송이 몇 개의 그림을 그린 화가의 이름을 친절하게 알려주며, 화가가 누구인지 모르는 그림도 많이 있다고 했다.

이 그림을 어떻게 모아서 카페 장식을 하게 되었을까? 이곳을 드나들었던 화가들이 이 그림을 그려주고 어떤 대가를 받았을까? 하루 저녁의 식사나 술 몇 잔으로 화가는 만족했던 것일까? 카페에 앉아 차를 마시며 그곳을 장식한 그림을 감상하며 이런 즐거운 상상을 한번 해보는 것도 좋으리란 생각이 든다.

1970년부터 지금까지 쿠폴의 주방을 책임지고 있는 폴 벨바르에 이어 장 폴 부쉐, 로뮈알드 부티에서 지금에 이르기까지 쿠폴의 셰프들은 이곳의 손님들에게 즐겁고 환상적인 미각의 세계를 선보이고 있다. 쿠폴에서 앙트레부터 코스를 따로 주문하면 꽤 비싸지만, 쿠폴 정식은 다소 저렴한 가격으로 여러 가지 요리를 맛볼 수 있다.

앙트레로 거위 간 요리인 푸아그라를 먹었는데, 다른 곳보다 훨씬 맛있었던 기억이 난다. 가볍게 즐기려면 간단한 샐러드

쿠폴의 음식은 정갈하고 고급하며 맛있다.
앙트레에서 메인까지 어느 것을 골라도 모두 만족스러울 것이다.

라 쿠폴 메뉴판에는 "우리들은 10시 30분부터 새벽 1시 30분까지 당신들을 맞이할 수 있어 행복합니다"라고 쓰여져 있다.

나 부르고뉴 달팽이 요리, 굴 요리 등이 있고, 메인 요리로는 타르타르 스테이크나 최고급 안심 요리, 카레를 얹은 양고기 요리가 맛있다. 쿠폴의 특선인 슈크루트 양배추 요리를 리슬링 포도주와 함께하는 것도 좋다. 디저트로는 복숭아 젤리와 소르베 혹은 레몬이나 복숭아 파이, 초콜릿 무스, 치즈 등이 있다.

몽파르나스 부근에서 영화나 연극을 보고 난 뒤 이곳을 찾는 사람들을 위해 '밤의 허기Le menu faim de nuit'란 메뉴가 있다. 앙트레와 메인 요리 혹은 메인 요리, 디저트와 함께 포도주 한 잔과 미네랄 워터가 제공되는데, 가격은 그리 비싸지도 않다. 이곳을 찾은 사람들과 함께 파리에서의 밤을 느끼고자 한다면 이 메뉴를 먹어보는 것도 좋은 방법일 것이다.

이곳은 밤까지 파리지앵과 관광객으로 술렁거린다. 이곳의 추억을 간직하고자 하는 사람들을 위해 유리잔이나 접시 세트, 미니 앨범, 스카프, 우산, 티셔츠, 앞치마 등을 판매하고 있으며, 인터넷을 통해서도 구입이 가능하다.

나도 기념으로 엽서라도 몇 장 사려고 상품을 구경하다 의외로 많은 사람들이 쿠폴의 로고가 새겨진 물건들에 관심이 많다는 것을 알게 되었다. 나도 엽서만 몇 장 집었다가 물건 몇 개를 더 골랐다. 이곳에서 보낸 즐거웠던 시간을 떠올리며 행복한 순간을 떠올릴 수 있을 거라는 기대를 안고서.

이곳은 미술 전시회, 음악 감상회, 다양한 주제의 세미나와 칵테일 모임, 댄스 파티장으로도 많은 사람들의 사랑을 받고 있다. 아름다운 공간에서 좋은 사람들과 함께한다는 것의 의미를 쿠폴은 잘 알고 있는 것 같다.

파리는 축제 중

르 돔

쿠폴에서 조금만 걸어가다 보면 몽파르나스 카페 중 가장 오래된 카페 르 돔이 화려한 모습을 드러낸다. 쿠폴과 함께 몽파르나스 대로와 라스파유 교차 지점에 있는 르 돔은 1920년대 파리의 밤을 더욱 생동감 넘치게 해주었다. 화가들과 문인 등 초현실주의자들의 만남의 장소로 혹은 초상화를 그리거나 글을 쓰는 작업장으로 사랑을 받았던 이곳은 여전히 그 빛을 발하며 환하게 손님을 맞고 있었다.

특히 이곳은 우리에게도 잘 알려진 프랑스 영화감독 뤽 베송이 영화배우들과 함께 자주 드나드는 곳이라 그런지 좀 더 화려하게 느껴졌다. 나도 〈니키타〉, 〈그랑 블루〉에서 〈레옹〉과 〈택시〉까지 뤽 베송의 영화를 빼놓지 않고 봐왔던 터라 뤽 베송이나 영화배우들이 혹시 이곳에 있지는 않을까 싶어 가르송에게 카페의 실내 사진을 좀 찍겠다는 핑계 아닌 핑계를 대고 주위를 몇 번이고 둘러보았다. 하지만 실망스럽게도 그날은 아무도 만나지 못했다.

Le Dome

사진을 찍히는 데 그리 인색하지 않은 사람들이 많아 고맙기도 하고 좀 신기하기도 했는데, 지금 생각하면 그 사람들이 혹시 배우들이라 그런 게 아니었나 싶기도 하다. 어떤 카페에서는 필름을 내놓으라고 야단법석을 떨기도 했고, 지배인이 나와 손님이 없는 곳만 찍어달라고 부탁을 하기도 했기 때문이다.

헨리 밀러는 그의 작품《북회귀선 Tropiques du Cancer》에서 파리로 건너가 경험한 파리 생활과 르 돔의 추억을 글로 적었는데, 대단한 호평을 받았다. 그는 파리의 모습은 바로 셀렉트나 르 돔 카페의 모습에서 찾을 수 있다고 했다.

헤밍웨이 역시《파리는 축제 중 Paris est une fête》에서 파리에서의 생활을 훌륭하게 재현해내고 있는데, 이 공간적인 배경이 바로 카페 르 돔이다. 그는 이곳에 대해 다음과 같이 묘사했다.

> 태양이 어지러운 거리를 비추거나 황금의 먼지처럼 황혼이 따뜻한 대지 속으로 밀려올 때, 그리고 밤이 찾아와 수백만 개의 불빛들이 세상을 대낮처럼 밝혀줄 때면 나는 어김없이 카페의 테라스에서 음료수를 앞에 놓고 멍청히 앉아 있다.
>
> 시간을 잊은 채 생각에 잠겨 있다가 음료수를 한 모금 마시고 내 앞에 펼쳐진 세계를 바라본다. 파리는 문을 활짝 열고 모든 사람들을 받아들이면서 날마다 큰길을 끊임없이 지나다니는

Le Dome
Restaurant de Poissons

각양각색의 군중들을 사열하고 있다.

모든 인생의 모습들이 거기에 총망라되어 있다. 커피 한 잔 값으로 당신은 그 모든 것을 볼 수 있으며, 자신을 위해 천 가지 이야기도 풀어낼 수 있을 것이다.

망명 중이었던 레닌이 자주 자리를 잡고서 차를 마신 곳으로도, 헤밍웨이가 여성을 에로틱하게 그려낸 불가리아 출신의 화가 줄 파스틴을 만난 장소이기도 하다. 카페 벽에는 에콜 드 파리의 한 사람으로 고독과 애수의 작풍을 선보였던 키슬링과 나비파를 주도한 보나르의 작품이 걸려 있다. 쿠폴과 마찬가지로 이곳도 문인과 화가들의 숨결이 느껴지는 멋진 장소로 기억된다.

르 돔은 생선 요리와 해산물이 특히 유명하다. 그래서인지, 르 돔의 많은 사람들이 생선과 해산물 요리를 먹고 있는 모습이 무척 인상적이었다. 앙트레로는 참치와 카르파치오, 훈제 연어, 비네거 소스를 곁들인 버섯 요리 등이 있고, 메인 요리로는 로스트 가재 요리, 카레 향을 넣은 넙치 요리, 부야베스 요리 등이 있다.

다른 요리도 다 맛보고 싶었지만, 나는 그중에서 마르세이유 지방 요리인 부야베스를 한번 주문해보았다. 2명 이상부터

따뜻하고 짙은 우드 컬러의 실내에는
이곳을 자주 찾았던 이들의 모습을 액자로 장식해놓았다.

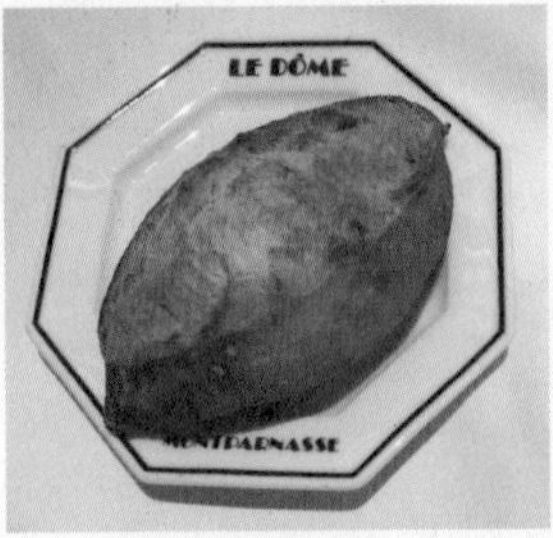

정성스럽게 잘 차려져 서빙되는 르 돔의 음식들. 특히 해산물 요리가 인상적이었다.

주문이 가능하고 가격이 만만치 않았지만, 맛있고 배부르게 먹을 수 있는 좋은 선택이었다. 디저트로는 카푸치노, 소르베나 아이스크림, 파나쉐 등이 있다.

이렇게 식사를 하지 않고도 이곳에서 기분 좋은 시간을 보낼 수도 있다. 커피는 저렴하기 때문이다. 헤밍웨이가 묘사한 것처럼 돈을 그리 많이 들이지 않고도 화려한 불빛 아래에서 사랑하는 사람과 이야기를 나누며 여전히 멋진 시간을 가질 수 있는 곳이 바로 르 돔이다.

모딜리아니를 추억하며
로통드

1911년 문을 연 로통드는 진정한 화가들의 작업터이자 작가들의 안식처였다. 헤밍웨이가 자신의 첫 번째 장편소설《태양은 다시 떠오른다The sun also rise》에서 '파리에 살고 있는 미국인 제이크가 몽파르나스 카페로 가자고 했을 때 내려주는 곳은 로통드'라고 적고 있듯이, 이곳은 몽파르나스의 대표적인 카페였고 지금도 그 명성은 변함이 없다.

헤밍웨이, 모딜리아니, 레제, 수틴, 자코메티, 브랑쿠시, 샤갈, 키슬링, 장 콕토, 피츠제럴드, 아폴리네르와 같은 화가와 문인에서 드뷔시, 스트라빈스키 등 음악가, 레닌이나 트로츠키 같은 정치인까지 즐겨 찾았던 이곳은 몽파르나스에서 가장 인기 있는 만남의 장소였다.

이곳 주인이었던 빅토르 라비옹은 웨이터에게 따스한 햇살을 받으며 테라스에서 잠들어 있는 화가를 깨우지 말라고 했다고 한다. 라비옹은 서로 언쟁이 났을 때에도 경찰을 부르지 않았으며, 가난한 화가들이 몰래 먹을 수 있도록 카운터나

LA ROTONDE
★★★ LA ROTON

테이블 위에 빵을 두기도 했다. 설사 몰래 훔쳐먹는 모습을 보더라도 모르는 척했고, 돈이 없는 예술가들의 그림을 식사비 대신 받아주기도 했다.

당시 누구에게도 환영받지 못하는 화가들을 넉넉하게 맞아주었기에 지금도 이곳은 많은 사람들이 기억하고 찾아주는 곳이 되었다. 그래서일까. 카페 내부에 남아 있는 화가들의 흔적을 보며 그들의 삶과 예술을 떠올려볼 수 있었다.

1916년 카페 로통드 앞에 서 있는 모딜리아니, 피카소, 앙드레 살몽.

이곳은 여러 화가들과 문인들의 작업터이자 만남의 장소였지만, 모딜리아니 미술관이라고 해도 될 정도로 모딜리아니 Amedeo Modigliani, 1884~1920의 흔적이 가장 많이 남아 있다. 천장과 바닥, 내부가 모두 붉은 조명으로 꾸며져서 환상적인 느낌이 드는 이곳에서 모딜리아니 작품과 그의 삶을 떠올리며 시간을 보낼 수 있다.

지금도 카페의 한쪽 테이블에 기침을 콜록콜록하며 그림을 그리다 잠들어 있는 모딜리아니의 모습을 상상하며 로통드로 들어섰다. 한구석에 자리를 잡고서 다시 카페를 바라보니

짙고 붉은 의자와 테이블에
붉은 조명이 어우러져
더 환상적인 느낌을 주는 로통드.

모딜리아니의 작품들이 눈에 들어온다. 특히 정물처럼 차가운 모딜리아니의 목이 긴 여인이 여러 곳에 걸려 있다.

뇌막염과 폐병에 시달리며 힘들게 살아가다 서른여섯의 나이로 생을 마감한 가난한 화가 모딜리아니. 그를 사랑했던 여인 잔느는 너무도 멀리 떠나가는 한 남자를 기다리느라 더 창백하고 핏기 없는 얼굴로 미소를 잃게 되고 목이 점점 더 길어진 것일까? 우수와 슬픔에 젖은 이 그림 속의 여인 아내 잔느는 모딜리아니가 죽은 뒤 만삭의 몸으로 자살을 했다고 한다.

한 남자를 너무도 사랑한 슬픈 사랑의 이야기는 카페를 더 낭만적인 공간으로 만들고 있다. 창백한 피부와 공허하고 무표정한 차가운 느낌이 드는 그 여인의 모습에서 더 강한 추억과 애틋한 사랑을 느낄 수가 있었다. 이같은 불같은 사랑을 표현하고자 로통드 공간이 모두 붉은 빛으로 꾸며진 것은 아닐까.

이곳은 사르트르와의 계약 결혼이나 서구 페미니즘의 성서로까지 불리는 《제2의 성Le deuxème sexe》으로 유명한 작가 시몬 드 보부아르Simone de Beauvoir, 1908~1986가 자주 찾던 곳이기도 하다. 로통드가 마주 보이는 건물에 살았던 보부아르는 생제르맹 데 프레로 작업실을 옮기지 전까지 이곳에서 만남을 가지고 글을 썼으며, 보부아르의 자전적 이야기를 매우 뛰어난 예술작품으로까지 승화시킨 《처녀시대Mémoires d'une jeune fille

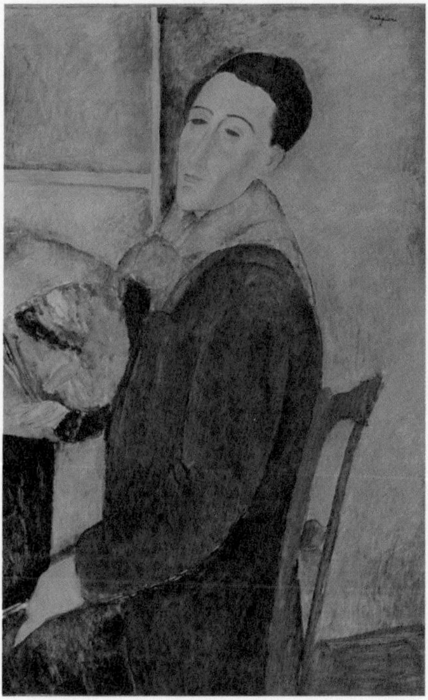

아메데오 모딜리아니, 자화상, 1919년,
상파울루 현대미술관.

아메데오 모딜리아니, 잔느 초상, 1919년.

모딜리아니의 그림을 감상하며 이곳의 맛있는
시그니처 메뉴를 먹는 즐거움은 특별한 경험으로 기억된다.

rangée》에서 이 카페를 언급하기도 했다. 이곳 테라스는 이전에 여성들이 담배를 필 수 있는 공간이었기 때문에 여성들에게 큰 인기를 끌기도 했다.

프랑스인들이 즐겨 먹는 양파 스프, 달팽이 요리, 블랑케트 드 보(blanquette de veau : 송아지 고기에 진한 화이트 소스를 넣고 조리한 스튜 요리)와 소고기 타르타르 등 로통드의 요리는 아주 맛있다. 예술가들의 사랑과 이별, 슬픔 등을 추억하며 이곳에서 식사하며 여유로운 시간을 보낼 수 있다.

여행을 하다 돈이 충분치 않다면 카페 르통드를 사랑했던 가난한 예술가들처럼 이곳 테라스에 앉아 커피 한 잔을 시키는 것도 좋다. 커피 한 잔만으로도 파리의 햇살 아래 따뜻하고 행복한 시간을 보내게 될 것이다.

헤밍웨이가 사랑한

클로즈리 데 릴라

셀렉트

파리의 감성을 가득 담은 영화 〈미드나잇 인 파리〉를 보며 다시 파리의 낭만적인 카페를 추억할 수 있었다. '파리는 비가 올 때 가장 아름다워요'라는 문장으로도 기억되는 이 영화는 예술과 낭만의 도시 파리의 1920~30년대 아름다운 정취를 가득 담았다. 유명한 소설가 피츠제럴드와 헤밍웨이, 화가 달리와 피카소 등 파리를 사랑하고 그곳에서 영감을 얻는 예술가와 작가들의 모습도 매우 흥미로웠다.

그때 당시 왜 그렇게 많은 문인들이 카페에 모여 들었을까? 역동적인 삶을 갈구하고 자유를 추구하는 열정적인 예술가들이 카페에서 보고 느낀 것은 무엇이었을까?

> 내가 아직 쓴 적도 없고 잃어버리지도 않은 글의 주제 중에서 가장 잘 아는 것은 무엇일까? 나는 무엇에 대해 정말로 잘 알고 가장 좋아할까?
>
> 선택의 여지가 없었다. … 나는 보나파르트 거리를 거쳐 기느메 거

La Closerie des Lila

1925년 당시의 클로즈리 데 릴라.
이곳은 헤밍웨이가 《태양은 다시 떠오른다》를 집필한 장소이다.

리, 아사스 거리, 노트르담 데 샹 거리를 지나 라 클로즈리 데 릴라로 걸어갔다. 어깨에 내려앉은 오후의 햇살을 받으며 구석 자리에 앉아 노트에 글을 썼다.

- 헤밍웨이, 《태양은 다시 떠오른다》

헤밍웨이Ernest Hemingway, 1899, 1961가 커피 한 잔을 시켜놓고 앉아 하루 종일 글을 썼던 자리는 사르트르나 보부아르가 앉았던 자리보다는 좀 불편해 보였다. 그에게 있어 카페는 글을 쓰는 작업의 공간이기도 했지만, 여러 사람들을 만나고 관찰할 수 있는 공간이기도 했기 때문일 것이다. 그는 커피 한 잔을 주문하고 자리를 정하고서 주변의 모든 것을 관찰하며 영감을 얻은 것은 아니었을까. 카페는 그에게 생동감 넘치는 대화를 할 수 있는 장소였으며, 그가 그 공간에서 보는 모든 것은 그에게 새로운 시각을 갖게 해주었을 것이다.

헤밍웨이가 앉았던 자리를 찍으려는데 그곳에 헤밍웨이와 닮은 아저씨가 앉아 술을 마시고 있었다. 내가 헤밍웨이와 닮으신 것 같다고 사진을 좀 찍겠다고 했더니 유쾌하게 포즈를 취해주었다. 나는 헤밍웨이의 글귀가 떠올라서 기분이 좋아졌다.

즐거움이 있는 카페였다. 깔끔하고 따뜻하며 인간미가 살아 있는 카페였다.

나는 낡은 비옷을 걸쳐두고 물기를 말렸다. 색바랜 펠트 모자는 긴 의자의 모자걸이에 걸었다. 그리고 밀크커피를 주문했다. 주머니에서 수첩과 연필을 꺼내 글을 쓰기 시작했다.

_ 헤밍웨이, 《파리는 축제 중》

이곳의 여러 장소에는 헤밍웨이를 추억하는 흔적이 남아 있었다. 헤밍웨이에 대한 이야기를 들려주며 친절하게 서빙해 준 가르송 덕분에 이곳의 음식도 맛있게 즐길 수 있었다.

1925년 몽파르나스의 중심부에 아메리칸 스타일의 카페 셀렉트가 문을 열었다. 이 거리의 카페들처럼 화려하지는 않지만, 셀렉트는 지금까지 많은 이들의 사랑을 받고 있다. 미국 작가들은 이곳 근처에 방을 구하고서 이곳에서 글을 쓰거나 친구를 만나기 위해 셀렉트를 자주 드나들었다고 한다.

피카소의 친구이자 후원자였던 현대소설 작가인 제르트뤼드 스타인도 이곳에서 가까운 아파트에 살며 이 카페를 자주 찾았고, 헤밍웨이도 이곳에서 《위대한 개츠비》, 《밤은 아름다워라》의 작가인 스콧 피츠제럴드와 주기적으로 만남을 가지며 강렬하고도 충만한 대화를 나누었다고 한다.

시인 앙드레 브르통, 루이 아라공과 필리프 수포가 이곳에서 만남을 가지며 다다이즘에 이어 초현실주의 운동을 일으킨

Le Select
Le Select
Le Select
AMERICAN BAR

건 아닌가 싶다. 이 부근의 카페와 함께 이 곳을 자주 드나들며 몽파르나스 추억을 글로 적었던 헨리 밀러가 가장 자주 드나든 곳도 셀렉트였다고 한다.

작가들의 사랑을 받은 장소라 그런지 셀렉트에서는 쿠폴, 르 돔과 같이 여럿이서 즐기는 술렁거림을 찾을 수 없는 차분한 분위기가 느껴졌다. 신문의 한 글자도 빠트리지 않고 읽는 사람, 차를 마시며 거리를 지나는 사람들을 바라보는 사람, 무언가를 꺼내서 읽고 쓰는 사람… 이곳을 찾은 사람들은 대부분이 혼자였다.

거울로 장식된 벽면에는 최근 전시회의 포스터가 붙어져 있었다. 나는 무슨 전시회 포스터가 붙었나 가까이 가다가 고색창연한 테이블에서 뭔가를 심각하게 적고 있는 한 손님을 보게 되었다. 마치 이전에 이곳에서 글을 썼던 작가가 살아 돌아와 이 자리에서 글을 쓰는 것 같은 착각을 일으킬 정도였다. 나는 그 사람을 방해하지 않을 정도의 거리에서 그를 바라보며 자리를 잡고 앉았다.

한참을 그렇게 앉아 카페 자료를 정리하고 여행 일정을 조정하고 있었는데, 그 남자는 조금도 자세를 흐트러트리지 않고서 계속해서 무언가를 열심히 쓰고 있었다. 나는 용기를 내어 그 사람에게 다가갔다. 카페에 대한 글을 쓰고 있는데, 당신

Le Select
Le Select
AMERICAN BAR

의 모습을 찍고 싶다고 말했다. 그는 흔쾌히 촬영을 허락했다. 그리고 메뉴판 앞에 셀렉트를 소개하는 글을 적은 샤를 랑카르가 바로 자신이며 작가라고 말해주었다. 그러더니 내게 자신은 한 주에 이틀 정도는 이 자리에 앉아 글을 쓰며 시간을 보내니 언제든 자기를 다시 만나고 싶으면 이 자리로 찾아오라며, 이 카페를 찾았던 문인들과 그들의 작품을 친절히 알려주었다.

카페 셀렉트에서 글을 쓰고 있는 샤를 랑카르.

나도 이곳을 소개한 메뉴판을 보고 알고 있었지만, 직접 이곳을 드나들었던 사람들의 이야기를 들으니 사뭇 느낌이 새로웠다. 나는 이렇게 카페 셀렉트에서 작가들이 만남을 가지고 또 다른 만남을 약속하며 행복한 만남을 이어나갔다는 생각이 들었다. 얼마나 가슴 설레고 기뻤는지 모른다.

언젠가 다시 파리를 찾을 때 나는 다시 이 카페의 이 자리에서 그를 만나 이곳에 아직도 살아 숨쉬고 있는 문인들의 이야기를 듣고 싶어진다. 지금도 차를 주문하고서 가방에서 노트를 꺼내 무언가를 열심히 적던 샤를 랑카르의 멋진 모습과 웃음을 잊을 수가 없다.

여러분도 이곳에서 차를 한 잔 마시며 여유로운 시간을 가져보길 바란다. 배가 조금 고프다면 차와 함께 토스트나 크루아상을 함께 주문하면 된다.

이곳에서는 토스트나 크루아상과 음료가 나오는 아침 식사나 베이컨이나 햄과 빵을 곁들인 아침 겸 점심 식사를 할 수 있다. 에멘탈 치즈와 옥수수, 햄, 토마토, 삶은 달걀, 참치 등으로 만든 셀렉트 특선 샐러드, 니스식 샐러드, 치즈 오믈렛, 핫도그, 토스트 안에 치즈를 넣고 달걀로 부친 크로크 무슈 등도 간단하게 먹을 만하다.

12시부터 저녁 6시까지는 셀렉트 정식 요리를 맛볼 수 있다. 메인 요리는 매일 바뀌며 토요일과 일요일, 공휴일에는 이 정식 요리가 제공되지 않는다.

나는 처음엔 크로크 무슈에 차나 한 잔 마시려는 생각이었지만, 이내 생각을 바꿔 요리를 한번 시도해보기로 했다. 요리 종류가 쿠폴이나 르 돔처럼 많지도 않았고 그곳에 자리를 차지한 사람들은 대부분 차를 마시고 있어서 어떤 요리를 선택해야 할지 몰랐다.

타르타르 스테이크를 먹을까? 오리가슴살 구이를 먹을까? 노르망디 등심 요리를 먹을까? 행복한 고민이었다.

셀렉트 메뉴판. 이 메뉴판의 첫 장은
텔아비브 출신 화가인 다비드 아쥐즈가
그린 것인데, 카페 셀렉트의 모습을
무척 잘 표현했다.

건강한 니스식 샐러드와 커피,
그리고 친절한 가르송의 미소가 정겹다.

셀렉트에서는 오후 3시 30분부터 저녁 7시까지 차, 커피와 이곳에서 직접 만든 파이를 보다 저렴한 가격에 맛볼 수 있는데, 특히 파이가 참 맛있었다.

이곳을 찾는 여러분도 '어떤 음식을 먹으면 좋을까?' 하는 소박하지만 행복한 고민을 한번 해보길 바란다.

5

예술가의 집,
예술가를 위한 집

내가 작품을 대하면서 제일 먼저 확인하려는 것,
그것은 인간이지 그림이 아니다.
내가 보기에 작품에는 두 가지 요소가 있다.
자연이라는 사실적인 요소와
인간이라는 개인적인 요소가 바로 그것이다.

-

에밀 졸라

이렇듯 카페는 작가들이 자유롭게 글을 쓰는 장소였고, 화가들이 영감을 얻어 자신의 화폭에 담았던 곳이었으며, 철학이 싹트고 무르익었으며 역사가 이루어진 공간이었다. 특히 화가, 즉 예술가는 자신만의 공간을 아틀리에 삼아 시공간을 초월한 훌륭한 작품들을 창조했다.

우리에게 〈수련〉 연작으로 잘 알려진 클로드 모네는 열정이 숨쉬는 카페에서 몇 주일을 보낸다면 누구라도 자신의 생각을 뚜렷이 정리할 수 있다고 했다. 시인 보들레르는 카페를 행복이 있는 만남의 장소로, 폴 베들렌은 카페를 낙원이라고까지 하였다.

번뜩이는 영감으로 삶을 치열하게 그려낸 반 고흐는 1878년 동생 테오에게 "예술이란 얼마나 풍요로운가! 본 것을 기억하는 사람은 결코 허무하지도 고독하지도 않을 것이다"라는 편지를 보냈다. 본 것을 기억한다는 것은 잊을 수 없는 추억을 지니는 것이다. 그 누구보다 예민한 예술적 감성을 지녔던 고흐에게 고독은 추억의 행복한 묘약까지 삼켜버린 것은 아니었을까.

오래 전, 고흐의 집을 찾아가는 여행 에세이에서 고흐가 생의 마지막 두 달을 보냈던 오베르 쉬즈 우아즈에 머물렀던 기억은 여전히 생생하다. 고흐의 불행했던 삶과 뛰어난 예술가로서의 삶이 중첩되어 그의 인생에 가슴 아파했었다. 너무도 좁은 초라한 방에서 〈오베르 시청〉, 〈오베르 교회〉, 〈까마귀가 나는 밀밭〉 등 위대한 작품이 완성되었던 것을 생각하면 예술가에게 삶의 공간이 얼마나 중요한지 깨닫게 된다.

> 아를의 이 작은 노란 집은 지금 상태 그대로 남게 될 거야.
> 아프리카와 열대 지방, 그리고 북쪽 사람들의 중간 지점으로 위치한 집으로 말이야.
> - 반 고흐

파리의 카페를 이야기하면서 파리 외의 장소, 파리 카페가 아닌 곳을 담고자 한 것은 고흐 때문이었다. 카페에서 위로받고 카페에게 영감을 얻었던 위대한 예술가 고흐. 그의 삶의 여정을 따라 프랑스의 작은 마을, 그가 사랑한 아를의 고흐 카페에서 짧은 생을 마감한 오베르 쉬즈 우아즈로 향한다.

고흐와 밤의 테라스

반 고흐 카페

치유할 수 없는 고독과 광기로 이 카페 저 카페를 전전하면서 새로운 영감을 얻었던 고흐Vincent Van Gogh,1853~1890에게 카페는 작품의 모티브이자 따뜻한 보금자리였다.

그는 동생 테오에게 "오늘은 내가 묵고 있는 카페의 내부를 그려볼 생각이다. 불이 밝혀진 저녁의 모습을, 제목은 '밤의 카페'가 적당하겠지. 밤새 문을 열어두는 이 카페에 많은 사람들이 드나들고 있다. 밤을 배회하는 사람들은 밤이슬을 피할 돈이 없을 때, 너무나 취해 다른 곳에서 문전박대를 받을 때 이곳에서 안식처를 찾는다"라는 편지를 보냈다. 이 편지의 내용처럼 그 당시 카페는 반복되는 권태로운 그들의 일상을 바꿔놓는 즐거움의 장소였다. 마치 결혼식장처럼 사람들이 붐비는 카페에는 귀를 얼얼하게 할 정도의 소음이 있었고 카페 테이블에 둘러 앉아 술을 마셨다.

"사실 비스트로처럼 신나는 곳은 없었다. 언제나 생동감

LE CAFE LA NUIT

카페에는 고흐를 느낄 수 있는 작품들이 걸려 있다.

이 넘쳐흘렀다. 술꾼들의 왁자지껄한 소리에 귀가 먹먹할 지경이었다"라는 알랭 푸르니에의 소설《대장 몬느》의 일부분만 봐도 당시 카페의 분위기를 짐작할 수 있다. 고흐는 아를에 있는 이 카페를 드나들며 카페라는 공간에 대한 생각을 그림으로 표현해냈다.

> 카페는 사람들이 자신을 파괴할 수 있고 미칠 수도 있으며 범죄를 저지를 수도 있는 공간이라고 생각한다. 〈밤의 카페〉를 통해 그런 느낌을 표현하고 싶었다. 부드러운 분홍색을 핏빛 혹은 와인빛 도는 붉은 빛과 대비함으로써, 부드러운 녹색과 베로네즈 녹색을 노란빛이 도는 녹색과 거친 청록색을 대비함으로써 평범한 선술집이 갖는 창백한 유황빛의 음울한 힘과 용광로, 지옥 같은 분위기를 부각하려 했다.
>
> _고흐가 테오에게 보낸 편지

고흐가 동생 테오에게 보낸 편지의 내용처럼 카페는 예술가들의 영감을 불태울 수 있는 안식처로 만남의 공간이기도 했지만, 파괴와 범죄를 저지를 수 있는 공간이기도 했다. 아름다운 프로방스의 아를에 있는 반 고흐 카페에는 고흐를 좋아하는 많은 사람들이 맛과 추억으로 술렁거리는 공간에서 행복한 시간을 보내고 있다. 나 역시 한자리를 차지하고 앉아 우리

반 고흐, 밤의 카페 테라스, 1888년, 크뢸러 뮐러 미술관.

에게 천재로 알려진 고흐를 추억한다. 그가 느꼈을 무력감, 고갱과 노란 집에서 작업을 시작할 때의 설렘, 자신의 귀를 자르고 고갱과 결별했을 때의 절망감을 생각하니 프로방스의 태양처럼 아름답고 빛나 보이던 카페의 밝은 노란색이 파란색과의 강렬한 대비에 의해 차갑고 외로운 아픔의 감정으로 다가왔다.

고흐 카페의 공간은 〈밤의 카페 테라스〉 작품과 너무 닮아 있어 마치 내가 그의 작품에 들어가 있는 듯한 착각이 들 정도다. 나도 고흐 작품 속의 한 사람이 되어 테라스에서 커피를 마셔본다. 나흘 동안 커피만 23잔 마시면서 어떤 영감을 얻을 수 있었는지, 별은 왜 그렇게 표현했는지, 프로방스의 화창한 날씨에 대해 새삼 동요되어 고흐와 가까이에서 이야기를 나누는 것 같았다.

살아 있는 고흐 박물관이라고 해도 될 만큼 아를에는 고흐의 흔적이 많다. 하지만 내게는 고흐와 함께 '아를' 하면 알퐁스 도데의 소설 《아를의 여인》이 함께 떠오른다. 고흐의 아를 여인은 단골 카페의 중년 여주인이고, 도데 소설의 아를 여인은 주인공이 너무도 사랑했던 치명적인 매력을 가진 여인이다. 두 작품은 연관성이 없지만 나는 아를을 거닐면서 이 두 작가와 이 공간을 사랑했던 이들과 함께 텍스트와 그림으로 여행을 한다. 알퐁스 도데는 프로방스 사람들 특유의 유쾌함을 찾

밝은 햇살 아래 고흐를 떠올리며 프로방스의 음식을 즐길 수 있다.

았지만, 고흐는 너무도 밝은 프로방스 사람들의 모습에서 진정성을 찾지 못했고 이곳 사람들의 멋 없이 꾸민 태도나 비열한 무관심으로 더 큰 외로움과 절망감을 느낀 건 아니었을까.

반 고흐 카페에서는 카마르그 지역의 흑소로 만든 등심 스테이크와 건강한 식재료로 만든 프로방스 요리를 맛볼 수 있다. 음료나 음식 가격은 비싸지 않지만 커피와 요리의 맛은 평범해서 처음 음식을 먹을 때는 아쉬운 마음이 느껴진다.

하지만 〈밤의 카페 테라스〉의 배경이 된 아를 포룸 광장에 있는 반 고흐 카페에 앉아 이렇게 고흐의 〈해바라기〉, 〈별이 빛나는 밤에〉, 〈고흐의 방〉, 〈노란 집〉 등을 추억하며 시간을 보낼 수 있을 수 있어 정말 행복했다.

너무나 고독했던 삶
고흐의 집

카페에서 자신의 그림이 전시되기를 바랐던 고흐는 카페에서 많은 시간을 보내며 감수성을 키워나갔다. 고흐와 가장 깊은 관련이 있는 장소를 꼽으라면, 나는 조금도 주저하지 않고 파리에서 북쪽으로 35km 떨어져 있는 오베르 쉬르 우아즈에 있는 '고흐의 집'이라고 말할 것이다.

고요함과 함께 마력 같은 아름다움을 지닌 이곳은 고흐뿐 아니라 많은 화가들의 시선을 끌기에 충분했다. 고흐가 37년이라는 짧은 생의 마지막 70여 일을 머물며 72점의 작품을 남겼던 오베르 쉬르 우아즈에 있는 고흐의 집은 그의 고독과 삶을 잘 느낄 수 있는 장소이다.

> 공장이 없는 이곳은 초목이 울창하며
> 이제는 보기 드물게 되어버린 낡은 농가들이 많다. …
> 너무도 아름답다.
>
> _고흐가 테오에게 보낸 편지

Auberge Ravoux

1890년 5월, 고흐가 이곳에 도착하자마자 동생 테오에게 쓴 편지이다. 이 짧은 글에서 그가 얼마나 이곳을 마음에 들어 했는지 알 수 있다.

오베르 쉬르 우아즈역에 도착하면 여러분은 무척 설레게 될 것이다. 나는 이곳을 여러 번 찾았는데, 갈 때마다 가슴이 두근거렸다. 아마도 호기심 때문이었을 것이다.

대체 어떤 곳이길래 그리도 많은 화가들이 이곳을 찾았고, 고흐가 묵었던 다락방은 어떻게 생겼고, 오베르 교회가 주는 인상은 어떠하며, 레스토랑으로 변한 고흐의 집의 오늘의 요리는 뭘까? 내 머릿속은 역에서 내리면서부터 과거에 대한 추억과 다가올 상상으로 복잡해졌다 행복해졌다 했다.

이런 느낌은 이번 여행에서도 마찬가지였다. 지금도 여전히 고요하고 아름다운 마을이다. 역에서 나와 왼쪽으로 조금 걸어가다 보면 자드킨의 고흐 동상이 있는 '반 고흐 공원'이 나온다. 이곳 벤치에 앉아 잠시 여정을 생각해도 좋을 듯 싶다.

공원에서 조금만 더 걸어가면 고흐가 그려서 더 유명해진 '오베르 시청'이 모습을 드러낸다. 고흐 그림처럼 지금도 만국기가 휘날리고 있는 시청 앞에는 고흐가 그린 〈오베르 시청〉 그림이 세워져 있다.

그 맞은편에는 고흐가 1890년 5월 20일부터 3프랑 50상

반 고흐, 오베르 시청, 1890년, 시카고, 개인 소장.

반 고흐, 오베르 교회, 1890년, 오르세 미술관.

오베르 시청과 오베르 교회의 실제 모습과 고흐의 작품.

반 고흐, 까마귀가 나는 밀밭, 1890년, 반 고흐 미술관.

반 고흐, 먹구름 아래의 밀밭, 1890년, 반 고흐 미술관.

고흐는 특히 이곳의 밀밭에서 작품의 영감을 많이 얻었다.

팀을 주고 머물다 같은 해 7월 29일 바로 그곳의 좁은 다락방에서 생을 마감한 '라부 여인숙Auberge Ravoux'이 있다.

이곳은 한 벨기에 실업가에 의해 고흐 관련 자료를 전시하는 곳으로 바뀌었고 이름도 '고흐의 집'이 되어 지금도 고흐를 추억하고자 하는 많은 사람들의 사랑을 받고 있다. 작은 당구대가 있던 포도주 가게이자 레스토랑이었던 1층은 레스토랑으로 사용되고 있고, 하숙방이었던 2층은 고흐 관련 자료나 엽서 등을 파는 가게로, 고흐의 방과 같은 시기에 머물렀던 히르시그의 방은 이전의 그대로 보존되어 있다. 좁고 어두운 복도와 초라한 다락방에 누워 피투성이가 된 고흐가 불안감과 환멸감으로 헐떡거렸던 신음 소리가 복도의 벽에서 지금도 가늘게 들리는 것 같다.

라부 여인숙 뒷길로 5분 정도만 걸어가 계단을 오르면 오베르 교회가 보인다. 고흐의 〈오베르 교회〉가 워낙 잘 알려진 작품이라 그런지 아니면 고흐가 강렬한 색채를 사용하기는 했지만 이 교회를 매우 사실적으로 그려서인지 이 교회가 처음 봤을 때부터 그리 낯설게 느껴지지는 않았다.

오베르 교회를 지나 에밀 베르나르 거리를 따라 언덕길을 올라가다 보면 〈까마귀가 나는 밀밭〉이나 〈먹구름 아래의 밀밭〉의 모티브가 된 밀밭이 끝없이 펼쳐져 있다. 고흐는 어두운 하늘 아래 끝없이 펼쳐진 밀밭에서 극한 슬픔과 고독을 표현하려 한 것 같다. 고흐가 사망한 지 겨우 반 년 후인 1891년 1월 25일에 테오도 숨을 거두게 되는데, 밀밭 맞은편에는 고흐와 그의 동생 테오의 묘지가 나란히 놓여 있다.

오베르 쉬르 우아즈에는 이곳 이외에도 19세기 유행처럼 퍼져나갔던 72도의 독주 압생트에 관련된 문서나 술을 만드는 과정 등이 전시된 압생트 박물관, 고흐가 자신에게 방아쇠를 당겼다는 오베르 성, 가셰 박사의 집, 도비니의 집 등 고흐를 비롯해 화가들의 자취를 느낄 수 있는 장소들이 많이 있다.

무엇보다 이곳에서는 산책의 기쁨을 느낄 수 있다. 바쁜 일상에서 벗어나 나를 돌아보는 사색의 시간을 보낼 수 있고, 아무도 찾아내지 못했던 숨겨진 거리나 장소를 발견하는 의외의 순간을 만날 수도 있다.

한참을 걸어서인지 오베르 쉬르 우아즈를 돌아보고 나면 항상 배가 고팠다. 피로와 허기 때문이었는지 아니면 화가들을 추억하며 이곳에서 식사를 해서인지 따뜻한 분위기가 감도는 고흐의 집에서 먹었던 음식은 지금도 잊을 수가 없다.

1876년 이후로 포도주 가게이자 레스토랑인 이곳은 화가들의 마을인 오베르 쉬르 우아즈 중심부에 있으며 도미에, 도비니, 세잔, 가셰 박사를 맞아들였던 곳이다. … 이곳에서 살다 1890년 7월 29일 죽은 고흐에 의해 더욱 유명해진 라부의 여인숙인

1890년 당시 라부 여인숙. 맨 왼쪽은 이곳의 주인이었던 아르튀르 귀스타브 라부이,
가운데에 서 있는 여자는 라부의 딸 아들린으로
고흐는 이곳에 머무르며 세 번이나 아들린 초상화를 그렸다.

'고흐의 집'은 이 기억의 장소를 공유하며 회자하기를 바라는 전 세계의 사람들을 지금도 맞고 있다.

고흐의 집 메뉴판에 쓰여진 글에서 카페나 레스토랑은 고흐를 비롯해 예술가들의 만남의 장소인 것을 알 수 있다.

오베르 쉬르 우아즈역에서 내려서 고흐의 집으로 가는 길이며 오베르 교회로 가는 좁은 계단, 고흐의 다락방에서 이곳에서 일어났던 크고 작은 일까지 모든 이미지가 일순간에 내 뇌리에서 시각화되고 표면으로 떠오를 때의 그 행복감은 느껴보지 않은 사람은 경험하지 못하리라.

연어 요리나 닭 요리만 먹어도 오베르 쉬르 우아즈의 기억이 떠오른다. 언젠가 그곳에서 연어 요리와 프리카세(fricassée : 닭고기 등을 잘게 썰어 버터에 살짝 구운 다음, 야채와 같이 끓이고 화이트소스를 곁들여 먹는 프랑스 가정식 스튜)를 먹었기 때문일 것이다. 다른 곳에서 먹었던 프리카세와 달리 이곳의 프리카페는 국물이 아주 많아 마치 삼계탕에 간장으로 간을 한 것 같았다. 한동안 한국 음식이 그립던 나와 일행은 그 국물을 후루룩후루룩 마셔가며 참 맛있게 먹었다.

고흐의 집에는 식사 메뉴판과 포도주 메뉴판이 따로 있는데, 까끌까끌한 표지에는 '라부 여인숙'이라고 크게 쓰여져 있

고흐의 집에서 맛본 음식들. 한국 음식이 그립던 때, 프리카세를 맛있게 먹었다.

고, 그 밑에는 '1876년 이후 예술가들의 카페'라고 작은 글씨로 쓰여져 있다. 다음 장을 넘기면 1890년 당시 라부 여인숙의 모습을 찍은 사진이 있다. 지금은 이 사진을 계산서로 사용하고 있는데, 이 사진의 모습을 그대로 간직하고 있다는 게 참 인상적이었다.

오래된 것을 그대로 보존하는 곳, 그런 모습을 존중하며 변함없이 찾는 사람들이 부러웠다. 물론 이전에 있던 당구대도 없고 고흐나 그 당시 화가들을 파멸시켰던 72도나 되는 독주인 압생트는 없지만 말이다.

실내에 있는 10개 정도 되는 테이블, 울퉁불퉁한 각설탕, 여러 종류의 파이, 벽을 가득 메운 포도주와 창문의 레이스, 여유와 기쁨이 넘쳐 보이는 사람들이 이곳에서 여유롭고 행복한 시간을 보내고 있다.

앙트레로는 연어를 얇게 썰어 항아리에 담아 나오는 연어 테린(terrine: 프랑스의 전통 방식 고기 요리 중 하나로, 고기나 내장을 으깨 묵의 형태로 굳힌 것), 오리고기 테린, 토끼고기 샐러드, 푸아그라(foie gras : 프랑스 고급요리에 사용되는 크고 지방이 많은 거위 간을 이용한 요리) 등이 있는데, 푸아그라를 주문할 경우는 추가로 더 계산해야 한다.

나는 오늘의 앙트레 연어 테린을 먹어보았는데, 향이 참

특이했다. 이상한 나뭇잎과 가지가 항아리에 함께 들어 있었는데, 향긋했다. 맛도 좋은 데다 이곳 앙트레 요리는 원하는 만큼 먹을 수 있다. 메인 요리로는 라부 양다리 요리, 몽모랑시 오리 스튜, 로시니 안심 스테이크, 닭·오리 프리카세 등이 있으며, 디저트로는 커피 파르페, 라부 케이크나 비스킷, 무스 초콜릿, 치즈 등이 있다.

웬만한 파리 시내보다는 가격도 비싸지 않고, 멋진 공간에서 아름다운 추억의 시간을 보낼 수 있는 곳이다.

화가들의 점심 식사
메종 푸르네즈

파리 교외 센 강의 샤투 섬Ile de Chatou에는 아름다운 카페가 있다. 선상 레스토랑 메종 푸르네즈이다. 이곳은 전통적인 방법을 중시했던 그레이르 아틀리에에서 순간을 좇았던 인상파 화가 중 한 명인 르누아르의 작품의 배경이 된 곳이다.

이곳을 가려면 기차역에서 내려 30분 정도를 걸어가야 했는데, 10분 정도를 걷다 보니 메종 푸르네즈가 멀리서 모습을 드러냈다. 빛의 움직임이나 물의 찰랑거림을 포착하기 위해 인상파 화가들이 찾았던 강변과 꽃으로 가득한 주변의 모습은 르누아르의 그림만큼이나 여유로 가득했고 예뻤다.

인상주의 회화의 대표작으로 꼽히는 〈선상 위의 점심 식사〉는 어떻게 탄생했을까? 오귀스트 르누아르Pierre-Auguste Renoir, 1841~1919는 샤투에 있는 푸르네즈 레스토랑을 드나들며 여유롭게 뱃놀이를 하던 파리지앵의 모습을 그렸는데, 그림에서 풍기는 느낌과 같이 19세기 말 파리지앵들은 당시 유행하던

멀리서 바라본 강변의 메종 푸르네즈.

뱃놀이를 즐기며 도시 생활의 피로를 풀었다고 한다.

1857년 배를 만들던 목수 푸르네즈는 아름다운 강변이 보이는 아름다운 곳에 작업실을 만들었고, 그의 아내는 그곳에 레스토랑을 열었다. 푸르네즈 부부의 아들인 알퐁스는 부인들이 배에서 내리고 타는 일을 도왔고, 그들의 딸 알퐁신은 그곳을 드나드는 화가들의 사랑을 독차지하는 모델이었다. 1868년부터 1884년까지 르누아르는 푸르네즈를 정기적으로 찾는 손님이었는데, 그는 작품의 모델이 될 수 있는 아름다운 여인들을 이곳에서 만날 수 있기 때문이라고 말하기도 했다.

1880년 르누아르는 다음과 같은 편지를 쓴다.

오귀스트 르누아르, 선상 위의 점심 식사, 1880~1881, 워싱턴 필립 컬렉션.

내 그림을 위해 샤투에 예약을 했습니다.

점심 식사를 하러 오십시오.

당신은 이 여행을 후회하지 않을 것입니다.

이곳은 파리 근교에서 가장 예쁜 장소이기 때문입니다.

이 작품을 보고 있노라면 햇살이 가득한 점심의 나른함과 풍성한 음식, 떠들썩한 웃음소리 등 생의 환희가 느껴져서 즐겁다. 이 그림에는 푸르네즈의 아들 알퐁스와 딸 알퐁신, 르누아르의 미래의 아내가 된 알린느, 마르슬랭 데부탱, 드가의 〈카페에서〉의 모델이었던 엘렌 앙드레, 〈가제트 데 보자르〉라는 잡지의 편집인 샤를르 에프루시 등 르누아르와 가까운 사람들이 흥겨운 시간을 보내고 있다. 르누아르는 아주 친한 사이였던 카유보트가 좋아하는 뱃놀이를 하고 막 돌아와 즐거운 점심 식사를 마친 뒤의 자연스런 모습을 생생하게 화폭에 담아내었다.

이 그림처럼 당시 많은 사람들이 이렇게 풍요롭고 행복한 삶을 살았을까? 이 작품이 많은 사람들의 사랑을 받는 것은 따스한 햇살이 내리쬐는 오후의 테라스에서 느껴지는 충만감, 경쾌함, 생동감 넘치는 분위기에 공감하고 싶은 마음 때문일 것이다. 르누아르의 삶은 생의 기쁨이 전해지는 이 그림처럼 그리 편안하고 행복한 삶은 아니었지만, 그림은 아름답게 그려야 한다고 르누아르는생각했다.

> 우리가 살아가는 현실은 처절하고, 힘겨우며, 우울합니다.
> 그렇다고 그림까지 그럴 필요가 없습니다.
> 이것이 제 그림이 따뜻하고, 행복하며, 즐거운 까닭입니다.

절망의 끝자락에서 더욱 충만해진 구도와 더욱 밝아진 색채를 우리는 르누아르의 그림에서 발견할 수 있다. 바람이 솔

메종 푸르네즈의 신선한 식재료로 만든 정갈한 음식들.

솔 불어오고 햇살이 내리쬐는 테라스에 앉아 주변을 둘러보니 무척 행복해졌다. 이 아름다운 자연이 르누아르에게 절망적인 삶을 아름다운 색채로 그릴 수 있게 한 건 아닌가 싶었다. 무척 평안하면서도 너무도 강렬한 행복감이어서 금방이라도 허물어질 것 같아 불안하기까지 했다. 파리에서 그리 떨어지지 않은 곳에서 낙원의 맛을 느꼈던 사람들은 메종 푸르네즈를 자주 찾을 수밖에 없었을 것이다. 나도 한동안 이곳에서 얻은 따사로운 느낌으로 건조한 삶 속에서 설렘과 위안, 용기를 얻을 수 있을 것 같았다.

마침 주위를 둘러보았다. 테이블마다 웃음꽃이 피어나는 아늑한 분위기에서 식사를 하는 사람들을 보니 마치 르누아르 작품의 등장인물들이 자리를 차리하고서 나에게 미소를 짓는 것 같았는데, 이런 착각은 내게 또 다른 즐거움을 안겨주었다. 강변에서 르누아르의 작품에 등장하는 인물들과 식사를 한다는 생각 때문인지 음식도 아주 감미롭고도 맛있었다.

메종 푸르네즈 부근에서 이곳을 그린 르누아르의 작품에 대한 여러 자료들을 만날 수 있다. 생의 밝은 면만 보는 르누아르가 마치 분홍 안경을 보고 세상을 보는 것과 다를 바 없다고 비난을 하기도 했던 모파상도 푸르네즈를 자주 찾는 손님 중 하나였다. 그의 소설 〈폴의 여인〉, 〈이베트〉, 〈물 위에서〉 등에서 뱃놀이가 끝난 뒤 푸르네즈의 들뜬 축제 분위기를 생생하게 느낄 수 있다.

〈선상 위의 점심 식사〉 그림 표지판.

붉은 옷을 입고 커다란 밀짚모자를 쓴 사내가 피아노 앞에 앉아 왈츠를 연주하자 이베트는 남자의 허리를 붙잡고 미친 듯이 춤을 추기 시작했다. 그들은 열정적으로 춤을 추었다. 모두가 그들을 지켜보았다. 사람들은 컵을 부딪치며 박자를 맞추었고, 테이블 위로 올라가 발로 박자를 맞추기도 했다. 피아노 앞의 사내도 열정적으로 건반을 두드렸다. … 커다란 웃음소리가 터졌다. 모두가 박수로 환호해주었다.

_기 드 모파상, 〈이베트〉

이곳의 아주 사소한 움직임과 소리까지 섬세하게 묘사한 모파상은 푸르네즈 박물관의 벽에 콩트 르픽이 그린 개 그림과 함께 벽면을 시로 채우기도 했다. 한가로이 식사를 하고 천천히 박물관을 둘러보며 좋아하는 작가의 글을 읽었다. 내 '인생에 이처럼 평화로운 시간은 다시 없겠다' 싶을 만큼 그 순간이 편안했다.

6

예술과 여행의
일상에서 만나는 곳

사람들은 내 그림에 대해 토론하고,
마치 그것을 이해해야 한다는 필요성에 의해
내 그림을 이해하는 척하기도 한다.
그러나 정말 필요한 것은 그냥 사랑해주는 것이다

-

클로드 모네

파리는 예술의 도시다. 루브르 궁전을 개조해 만든 '파리의 심장' 루브르는 오르세 미술관과 함께 파리가 왜 세계적인 예술의 도시인지, 파리가 왜 가장 아름다운 도시인지를 상징한다. 박물관 앞의 유리 피라미드 조형물은 근대에 지어진 것으로, 어울리지 않는다는 평도 많았으나 지금은 루브르를 대표한다.

고대 이집트 고미술에서 레오나르도 다빈치의 〈모나리자〉에 이르기까지, 루브르만 보는 것만으로도 하루가 모자랄 정도이다. 파리 만국박람회를 기념해 만든 기차역을 개조한 오르세 미술관에는 〈별이 빛나는 밤〉을 비롯한 고흐의 대표작들, 르누아르와 모네 등 우리에게 낯익은 인상주의 화가들의 작품을 감상할 수 있다.
루브르 박물관과 오르세 미술관은 일정에 쫓기지만 않는다면 하루에 한 곳씩 찬찬히 둘러본다면 좋겠다. 미술관의 카페와 레스토랑에서 커피와 디저트, 혹은 맛있는 식사를 하는 것도 오랫동안 기억에 남을 일이다.

파리에서는 들라크루아 미술관, 로댕 미술관도 들러볼 만하다. 사람이 너무 많아 줄을 설 필요도 없을 뿐만 아니라, 작고 아름다운 정원에서 잠시 거니는 것만으로도 예술 여행의 즐거움을 느낄 수 있다.
센 강 주변, 생제르망 데 프레 거리의 카페들에는 파리지앵과 여행자들의 발길이 끊이지 않는다. 모던하지만 정감이 느껴지는 곳들에는 파리의 감성이 고스란히 담겨 있다.

파리 카페 여정은 감성의 공간 카페 막심을 거쳐 영화 〈비포 선 셋〉의 촬영지로 유명한 셰익스피어 앤 컴퍼니에서 마무리한다.
헤밍웨이와 제임스 조이스가 특히 좋아해 자주 찾던 이 서점 역시 코로나 펜데믹으로부터는 안전하지 못해 폐업의 위기에 처했으나, 이곳을 아끼고 사랑하며 인생의 잊을 수 없는 추억으로 간직한 전 세계 사람들의 도움으로 되살아났다고 한다. 낡고 오래된 책들 속에서 발견하는 인생의 지혜로운 문장과 함께 따뜻한 커피 한 잔을 내게 선물해 보기로 한다.

여행자로 만나는 파리는 일상에서 마주할 때 더 아름답고 매혹적인 도시다. 전통을 지키며 새롭게 변화하는 파리 카페에서 나를 발견하고 뜻밖의 새로운 일들을 경험하기를 소망한다.

루브르 박물관에서의 휴식

카페 마를리

예술의 도시 파리를 여행하는 이들이 가장 먼저 찾는 곳은 어디일까? 고대 이집트 고미술에서 다빈치의 〈모나리자〉까지, 하루가 모자란 루브르 박물관과 고흐와 르누아르 등 인상주의 화가의 작품을 감상할 수 있는 오르세 미술관은 파리를 찾는 이들이 꼭 방문하는 곳이다.

이외에도 모네의 〈수련〉으로 유명한 오랑주리 미술관, 20세기 초반 이후의 현대미술과 독특한 건축물로도 잘 알려진 퐁피두 센터를 비롯해 피카소 미술관, 로댕 미술관 등 파리 미술관을 찾아 좋아하는 작품을 감상하고 작은 정원과 카페에서의 휴식은 여행자의 피로를 잊게 한다.

미술관 카페로 단연 가장 멋진 곳을 뽑으라 한다면, 루브르 박물관 앞에 있는 카페 마를리일 것이다. 고대부터 19세기에 이르는 많은 그림과 조각품이 전시되어 있는 루브르 박물관의 작품을 관람하다 카페 드농에 들러 잠시 피로를 푸는 것도

Le Café Marly
Le Café Marly

좋지만, 박물관 입구에 있는 카페 마를리를 추천한다. 600장의 유리와 금속으로 만들어진 초현대적인 피라미드를 바라보며 루브르 박물관에서 마주한 예술 작품의 감동을 간직하며 마시는 한 잔의 커피는 잊을 수 없는 추억으로 남을 것이다.

1994년 문을 연 카페 마를리Café Marly는 마를리 뜰Cour Marly에서 유래했다. 원래 이곳은 17세기 프랑스 조각상이 전시되던 곳이었다고 한다. 왕실의 위엄과 현대적인 인테리어가 아름답게 어우러진 모습을 보며 과거의 보존과 미래 지향이라는 대립적 가치가 조화를 이루며 발전해온 프랑스 역사를 생각하게 된다. 프랑스는 이렇듯 고풍스러움과 현대적인 모습이 과거와 미래가 공존하고 있다.

웅장한 기둥과 높은 아치 천장, 그리고 붉은색과 황금색의 우아하고도 세련된 장식으로 이곳에서 머무는 것만으로 기분이 좋아진다. 올리비에 가녜르와 이브 타랄롱이 디자인한 푹신한 의자와 금빛 목재로 꾸며진 아늑하고도 고급스런 분위기는 루브르궁을 지금의 이곳으로 그대로 옮겨놓은 듯하다. 겨울에는 카페 실내에서 보내는 것이 따뜻할 수는 있지만, 좀 추워도 환상적인 모습을 바라보며 테라스에서 시간을 보내는 것이 더 좋다.

Le Café Marly

매일 아침 8시부터 새벽 2시까지 카페 마를리는 파리를 더욱 낭만적인 도시로 만들어준다. 이곳에 앉아 파리의 낭만을 만끽하며 더없이 매혹적인 시간을 즐길 수 있다.

카페 마를리에서는 타르타르 스테이크 같은 전통적인 프랑스 요리를 여유롭게 즐길 수 있고, 크로크 무슈나 크렘 브륄레와 차를 간단히 먹을 수도 있다. 음식의 맛은 다소 평범하다. 하지만 간간히 불어오는 바람조차 우아하게 느껴지는 이 멋진 공간에서 루브르궁과 피라미드를 바라보며 시간을 보내서인지 이곳 음식은 파리에서 최상의 요리로, 가장 향기로운 커피로 기억된다.

해질 녘에 테라스에 앉아서 황금빛으로 물든 피라미드와 루브르 박물관을 바라보며 아늑하고 느릿한 행복을 느껴보는 것도 좋다. 이곳에서는 햇살이 가득한 낮이건 일몰이건 각 테이블마다 밝혀진 촛불과 피라미드의 불빛이 만들어내는 현란한 색채로 로맨틱한 시간을 보낼 수 있을 것이다.

루브르 박물관 외에도 아름답고 멋진 미술관 카페들이 많이 있다. 1848년부터 1914년까지 작품이 전시되고 있는 오르세 미술관의 상징인 시계탑 앞에서 인증샷을 남기고 고흐를 비롯한 인상주의 화가의 작품들을 감상한 후 2층에 있는 레스토랑에서 잠시 쉬어가면 좋다. 웅장한 천장화와 세련된 인테리

로맨틱한 시간을 보낼 수 있는
카페 마를리에서의 저녁.

화려한 샹들리에와 천장화로 장식된 오르세 미술관의 레스토랑.

현대미술 작품을 소장한 독특한 건축 양식의 퐁피두 센터와 카페 보부르.

어를 감상하며 간단한 음료와 디저트, 메인 요리까지 맛볼 수 있다.

20세기 초 이후의 현대 작품이 전시되어 있는 국립 현대미술관 안에 있는 카페나 퐁피두 센터 앞의 카페 보부르에서 안과 밖이 뒤집어진 퐁피두 센터를 바라보며 커피를 마시는 것도 좋다. 특히 이곳의 크로크 무슈는 다른 곳보다 맛있다.

빅토르 위고 등 문인들과 피카소 미술관 등 많은 갤러리가 있는 마레 지구의 크고 작은 카페를 여유롭게 거닐면서 화가들과 문인들의 흔적을 찾는 일 역시 멋진 시간을 선사할 것이다.

에펠탑의 뷰

쥘 베른

문인과 관련된 대표적 레스토랑은 단연 에펠탑에 있는 쥘 베른 레스토랑일 것이다. 파리의 랜드마크라 할 수 있는 에펠탑에서 즐기는 차와 식사는 어떠할지, 상상만으로도 가슴 설레는 일이다.

에펠탑 2층에 있는 알티튀드 95는 에펠탑을 찾는 관광객을 위해 간단하게 먹을 수 있는 음식을 대접하고 있다. 에펠탑 3층에 위치한 쥘 베른은 가격이 다소 비싸기는 하지만, 에펠탑에서 파리 시내를 내려다보며 프랑스 최고의 미식을 즐길 수 있다.

장 콕토는 '그물망처럼 생긴 아름다운 기린La belle girafe en dentelle'이라 즐겨 부르곤 했지만 모파상이나 위스망스, 에밀 졸라, 샤를 구노, 폴 베를렌 등 많은 예술가들과 문인들은 고풍스런 파리와 너무도 어울리지 않는다고 에펠탑 건설을 반대했다. 심지어 창녀의 그물 스타킹 같은 흉물스러운 고철 덩어리라고

RESTAURANT
JULES VERNE

비난하며 반대 서명을 했다. 300명의 반대 서명을 한 예술인 중 샤를 구노는 에펠탑을 보는 것조차 혐오스러워했었는데, 에펠의 권유로 에펠탑에서 연주를 한 후 더 이상 반대를 하지 않았다고 한다. 아마도 파리의 하늘과 맞닿은 곳에서 연주를 하며 지금의 나처럼 가슴이 벅차오르는 경험을 하고는 마음이 바뀐 게 아닐까.

《비곗덩어리》와 《목걸이》의 작가인 기 드 모파상Guy de Maupassant, 1850~1893과 에펠탑에 관한 일화는 유명하다. 거의 매일 점심을 이곳에서 식사를 하는 모파상에게 매일같이 찾아 주시는 이유를 물어보자 파리에서 이 끔찍한 에펠탑이 보이지 않는 곳은 이곳밖에 없기 때문에 어쩔 수 없이 에펠탑 안에서 식사를 한다고 대답했다는 것이다.

1889년 파리 만국 박람회 포스터.

지금은 너무도 낭만적이고 멋진 파리를 상징하는 대표적인 곳으로 사랑받고 있는 에펠탑 위에서 멋진 경험을 즐기는 것이 불가능한 일이 될 수도 있었다. 1889년 파리 만국 박람회 당시에는 에펠탑 설치를 반대하는 여론이 매우 거셌고 에펠탑 설계자 귀스타브 에펠Gustave Eiffel, 1832~1923은 에펠탑이 '파리의 영광을 돌

J/
LeJulesVerne

리기 위해 세워질 현대 과학의 결정체'라며 이들에게 응수했다고 한다. 이후 부정적인 여론은 차츰 가라앉았다. 그래서인지 에펠탑을 자세히 보면 화학 혁명을 일으킨 라부아지에, 퀴비에 등 프랑스 과학자, 공학자, 수학자 등 72명의 이름이 금빛으로 새겨져 있는 것을 발견할 수 있다.

2년 2개월 5일에 걸친 공사 뒤 완성된 에펠탑은 물리학의 법칙에 도전하는 산물이자 프랑스의 상징이 되어 오늘날까지 거센 바람을 굳세게 마주하며 자리를 지키고 있다.

이곳이 유명한 프랑스 소설가 쥘 베른Jules Verne, 1828~1905의 이름을 따와서일까, 테이블 위에 책처럼 보이는 노트가 놓여져 있었다. 자리마다 놓여져 있는 이 노트의 표지에는 각각 다른 문장들이 쓰여져 있었다.

> 한 사람이 상상할 수 있는 모든 것은 다른 사람이 실현할 수 있다. Tout ce qu'un homme est capable d'imaginer, d'autre hommes seront capable de le réaliser.

내가 앉은 자리에 놓여진 노트에는 쥘 베른의《80일간의 세계 일주》에 나오는 문장이 적혀져 있었다. 에펠탑이 지닌 상징적 가치에 쥘 베른의 문학적 상상이 오버랩되며, 잠시 생각에 잠겨보았다.

쥘 베른에서는 세계적인 셰프가 선보이는 최고의 미식을 경험해볼 수 있다.

쥘 베른에서 선물 받은 초콜릿은
내 서가에 두었다.

1983년에 완공된 쥘 베른은 세계적인 셰프이자 레스토랑 경영자인 알랭 뒤카스에 이어서 2018년 10월 1일부터 미슐랭 3스타 셰프인 프레데릭 안톤이 맡고 있다. 안톤은 파리 전체가 한눈에 펼쳐 보이는 이곳을 더 멋지고 신화적인 공간으로 만들어가기 위해 애쓰고 있다.

그는 농장에서 직접 기른 가금류나 신선하고 우수한 식재료를 사용하여 색과 향, 맛을 극대화한 음식을 정성을 다해 제공한다. 안톤은 프랑스의 상징적인 건물에서 자신의 예술을 표현할 수 있는 것은 특별한 경험이라고 믿고 있으며, 최상의 아름다움과 최고의 맛을 선보이고자 한다.

코스 요리의 경우 점심은 앙트레, 메인, 디저트 3개 코스로 저녁은 생선과 스테이크 요리가 포함된 5개와 7개 코스로 구성되어 있다. 파리를 상징하는 에펠탑을 바라보며 세계 최고 셰프의 음식을 맛볼 수 있는 경험은 비싼 음식 값을 지불할 만큼의 가치가 있다고 생각한다.

쥘 베른에서는 이곳 셰프인 안톤의 '아름다움과 맛Le beau et le bon'의 완벽한 조화를 자신의 요리에 구현해내고자 한다는 글과 에펠탑이 새겨진 초콜릿을 손님들에게 선물한다. 내 연구실 서가에 장식되어 있는 이 선물을 볼 때마다 파리에서의 낭만적인 시간을 추억하며 행복한 시간을 떠올리곤 한다.

아르누보 감성의 공간
막심

카페 막심에 들어서면 우디 앨런의 영화 〈미드나잇 인 파리〉의 장면이 그대로 재현된 것 같다고 느끼게 된다. 장 콕토나 프루스트, 에디트 피아프, 로트렉, 세르주 갱스부르 등과 함께 저녁을 먹으며 프란츠 레하르의 '나는 막심으로 가네'를 함께 흥얼거리고 있는 듯하다. 너무도 멋지다. 이건 아마도 화려한 조명과 붉은 벨벳 의자, 붉은 양귀비나 백합으로 장식한 아르누보(Art Nouveau : 1890년에서 1910년 사이 유럽과 북미 등에서 유행한 예술과 디자인으로, '새로운 예술'을 의미한다) 양식의 다소 몽환적인 분위기 때문인 것 같다.

1893년 문을 연 막심은 파리 사교 중심지로 많은 예술가들에게 사랑을 받았다. 1900년대에 이 공간을 아르누보 스타일로 꾸미면서 우아하고 세련된 분위기로 더 유명해졌고, 1981년 프랑스 정부에 의해 역사적인 기념물로 지정되었다. 스페인 건축가 가우디에서 영감을 받은 소파와 램프, 화려한 꽃병에서 고혹적인 아름다움이 느껴진다.

maxim's

특히 막심 아르누보 박물관에는 패션 디자이너이자 이곳의 운영자였던 피에르 가르뎅의 아르누보 양식의 소장품, 루이 마조렐과 에밀 마레가 만든 다양한 가구 컬렉션, 로트렉의 오리지널 포스터 등 500여 점의 작품을 만날 수 있다.

> 파리가 망할 날은 막심이 사라질 때일 것.
>
> Paris sera foutu seulement le jour où Maxim's disparaîtra.
>
> _장 콕토

시인이자 극작가인 장 콕트의 이 문장을 보면, 그가 얼마나 막심을 사랑했으며 이 공간의 의미를 얼마나 중요하게 생각했는지 알 수가 있다. 시대의 명성, 권력, 아름다움, 영감이 넘쳤던 막심이 과거에 머물지 않고 현재를 거쳐 미래에도 영원히 존재하는 소중한 공간이며, 에펠탑과 같은 파리의 상징임을 말한 것이다. 파리의 화려하고 아름다운 공간을 보여주는 막심은 많은 영화나 오페라를 통해 많은 이들에게 소개되기도 했다.

이렇게 우아하고도 환상적인 분위기에서 저녁 시간을 보내는 일은 무척 매력적인 시간이 될 것이다. 운이 좋으면 이곳을 드나들었던 로트렉이나 마르셀 프루스트, 《막심에서의 부인》 작가인 조르주 페도 등의 모임이나 공연, 전시회, 연주회 등을 감상하면서 시대를 초월한 여러 장식과 스타일로 행복한 한

화려한 아르누보 양식을 경험할 수 있는 막심의 오브제들.

때를 보낼 수 있다. 나도 조금은 호사스러운 나만의 시간을 보내고 싶다는 생각이 들면 파리에 갈 때마다 이곳을 빼놓지 않고 들른다.

나는 보통 밝은 분위기의 레스토랑을 좋아하기 때문에 막심의 붉은 조명과 화려한 인테리어가 다소 낯설고 불편하다. 하지만 일상과는 다른 또 다른 색다른 분위기를 느낄 수도 있고 음식 맛도 좋다. 잘 세팅된 테이블에서 몇 가지 요리를 먹으며 추억의 시간을 보내곤 한다.

이곳에서는 막심의 치즈 수플레, 개구리 다리 요리나 앙리 4세 스타일의 구운 닭요리 같은 전통적인 요리와 함께 새롭게 선보이는 요리를 모두 즐길 수 있다. 프랑스 요리계의 전설이자 최고의 셰프로 인정받는 폴 보퀴즈가 만든 VGE수프(검정 트러플을 넣어 만든 폴 보퀴즈의 시그니처 요리)나 너무도 달콤하고 맛있는 초콜릿 무스 수플레와 같은 디저트도 이곳에서 맛봐야 하는 요리 중 하나이다.

이곳은 정장을 입고 방문해야 한다. 음식 값도 비싸고 너무 화려한 데다 격식까지 갖춰야 하지만, 그럼에도 불구하고 이곳을 즐겨 찾는 이유는 전통을 존중하는 가르송들의 친절과 맛있는 음식 때문이다. 정장을 갖춰 입고 환대받으며 때로는 색다른 분위기와 맛을 경험하는 것도 파리 여행의 즐거움이

막심의 잘 세팅된 테이블에서의 식사.
전통적인 요리와 새로운 메뉴를 함께 맛볼 수 있고, 초콜릿과 디저트도 다양하다.

레스토랑의 메뉴판과 로고, 패키지 등
막심의 디자인은 인상적이고 사랑스럽다.

될 것이다.

2020년 막심의 마지막 소유자인 피에르 카당이 사망한 이후, 파리 소사이어티 그룹에 의해 이곳은 다시 한번 황홀한 색채와 최상의 요리로 이전의 명성을 이어나가고 있다. 빨간색 위에 새겨진 막심 금빛 상표, 우아한 아랍식 장식물, 꽃과 덩굴이 조각된 마호가니 나무, 화려한 거울과 철제 공작품, 꽃무늬 의자, 아름다운 벽화가 장식된 공간에서의 시간은 파리에서 누릴 수 있는 매력적인 경험이 된다.

막심은 박물관, 레스토랑뿐 아니라 초콜릿으로도 유명하다. 막심 초콜릿은 프랑스 생산자와 장인들의 노하우로 만들어진 순수 코코아로 만들어져 정말 감미롭다. 유명한 프랑스 만화가 셈의 멋진 그림이 막심 레스토랑의 메뉴판과 초콜릿 패키지 등에 쓰여졌다. 맥심에서의 아름다운 순간을 담아낸 셈의 그림은 파리의 달콤했던 추억을 떠올리게 한다.

책의 향기가 그리울 때

셰익스피어 앤 컴퍼니

낭만의 도시 파리를 더욱 낭만적인 공간으로 만드는 곳을 들라면 여러 곳이 있겠지만, 사르트르나 헤밍웨이가 단골로 드나들며 책을 빌리고 안식처로 삼았던 이곳, 셰익스피어 앤 컴퍼니를 빼놓을 수 없다.

《위대한 개츠비》의 작가 피츠제럴드나 제임즈 조이스, 엘리어트, 에즈라 파운드, 릴케, 헤밍웨이 등의 흔적을 찾아보려 이곳저곳 기웃거리고 있는데 아름다운 피아노 선율이 나를 이끌었다. 이곳에 온 관광객이 멋지게 연주를 하고 있는 것이 아닌가. 이 선율은 나에게 〈비포 선셋〉이나 〈미드나잇 인 파리〉의 장면들을 펼쳐 보이는 듯했다. 지나간 시간의 추억을 간직하고 보존하기 위해 애쓰는 공간이어서 그런지, 이곳에서는 파리의 정취를 더 진하게 느낄 수 있다.

셰익스피어 앤 컴퍼니는 처음부터 이곳에 자리하지 않았고, 이곳과 그리 멀지 않은 오데옹 거리에 있었다고 한다. 프랑

SHAKESPEARE AND COMPANY
BOOKS

SHAKESPEARE AND COMPANY Café
SHAKESPEARE&CO CAFE
BOB's BAKESHOP
STAY HERE TO ENJOY THE VIEW
TAKE AWAY AND WANDER
AND MUCH MORE!

스 문학을 공부하러 온 실비아 비치가 파리에 처음으로 영미 서점을 열었던 곳이다. 실비아는 많은 작가들에게 경제적인 지원을 해주기도 했고 출판사에 소개를 해주기도 했는데, 실비아의 도움으로 헤밍웨이는 마음 편히 책을 빌리고 머물며 글을 쓸 수 있었다. 또한, 그녀의 도움으로 제임스 조이스의《율리시스》가 출간되었다고 한다.

당시 무명 작가였던 헤밍웨이는 파리에서의 일상을 담은 에세이《파리는 축제 중》에서 그에게 깊은 영감을 선사한 셰익스피어 앤 컴퍼니에 대해 이렇게 회상하고 있다.

> 그 무렵 무척 가난했던 나는 오데옹 거리 12번지에 있는 실비아 비치의 셰익스피어 앤 컴퍼니에서 책을 빌리곤 했다. 겨울이 되면 찬바람이 휘몰아치는 쌀쌀한 거리에 있는 그 서점에서는 지나가는 사람들을 위해 입구에 커다란 난로를 피워놓았다. 따뜻하고, 쾌적하고, 멋진 곳이었다.

헤밍웨이는 또 이곳 주인 실비아에 대해 다음과 같이 이 책에서 묘사하고 있다.

> 실비아는 생기 있는 갸름한 얼굴에 작은 동물들에게서 볼 수 있는 활기와 어린 소녀 같은 명랑함이 깃든 갈색 눈동자가 매

우 인상적이었다. 그녀는 친절하고 상냥하고 모든 이에게 관심을 보였고 유머러스했으며, 사람들과 수다 떨기를 좋아했다.

아마도 이러한 실비아의 에너지로 인해 많은 예술가들과 문인들이 셰익스피어 앤 컴퍼니를 자신들의 안식처로 삼은 것은 아닌가 싶다.

또 이곳은 다양한 매체로 자신만의 예술세계를 펼쳐나갔던 미국의 초현실주의 사진작가 만 레이Man Ray가 자주 들렀던 곳이다. 그는 이곳에 올 때마다 실비아와 자신의 삶과 예술에 대해 많은 이야기를 나누었다고 한다. 살바도르 달리와 함께 초현실주의 작가인 막스 에른스트 역시 실비아와 함께 이곳에서 유쾌한 만남의 시간을 보냈다.

실비아 비치 이후 이곳은 '미스트랄'이라는 서점을 운영하던 조지 휘트먼이 이어받았고, 지금은 조지 휘트먼의 딸인 실비아 비치 휘트먼이 이곳을 파리의 더 멋진 공간으로 만들어나가고 있다.

Be Not Inhostable to Strangers

Lest They Be Angels in Disguise

낯선 사람에게 홀대하지 마라

그들은 변장한 천사일 수도 있으니

계단을 올라가면 2층 입구에 쓰여 있는 이 문장이 눈이 들어왔다. 2대 사장이던 조지 휘트먼이 이곳을 기웃거렸던 작가 지망생이나 망명인들에게 잠을 잘 수 있는 안식처를 제공해주었다고 한다. 휘트먼은 이들을 '텀블위드'라고 불렀다. 텀블위드tumbleweed는 회전초 다시 말해 이리저리 바람에 날리는 잡초를 의미하는 것으로 몇 시간의 노동, 하루에 한 권의 책을 읽겠다는 약속과 한 페이지의 자서전을 쓰면 누구든 이곳에 머무를 수 있었다.

최대 6명까지 머무를 수 있었는데 함께 머무는 다른 텀블위드들과 문학과 예술에 대해 토론하며 행복한 시간을 보낼 수 있었다. 지금까지 약 4만 명이 넘는 사람들이 책으로 둘러싸인 침대에서 하룻밤을 지내며 책을 읽고 글을 쓰고 돌아갔다. 이곳의 2층 뒷방에 지금도 1인용 소형 침대가 놓여 있다.

서점 층계에는 "당신이 외롭거나 어

오래된 책의 향기와 이곳을 다녀간 사람들의 흔적을 느낄 수 있다.

책의 향기를 간직한 채 파리의 낭만을 느낄 수 있는 셰익스피어 앤 컴퍼니 카페.

둠 속에 있을 때 당신 자신의 놀라운 존재의 빛을 내가 당신에게 보여줄 수 있다면 좋겠다"라는 글이 쓰여져 있다. 이란의 셰익스피어라고 불리는 14세기 시인 하페즈의 글이라고 한다.

작가와 예술가들의 흔적을 찾을 수 있는 오래되고 멋진 책방을 둘러본 후 옆에 자리한 카페에 들러 커피 한 잔을 주문했다. 이곳에 앉아 있으니, 2019년 화재로 큰 슬픔을 줬던 빅토르 위고의 《노트르담 드 파리》의 배경이 된 노트르담 대성당과 센 강에 즐비한 서점들이 보인다.

파리의 낭만과 문학, 작가와 책 이야기, 연인들의 사랑 등을 생각하며 셰익스피어 앤 컴퍼니 카페에서 달콤하고 나른한 한때를 보낼 수 있었다.

Epilogue

카페를 찾아가는 길고 아름다운 여정은 언제나 행복했다. 위대한 사상가와 철학자, 자신의 상상력을 통해 우리에게 감동을 선사한 작가, 생의 고뇌를 안고 살아야 했지만 예술혼을 잃지 않았던 화가의 삶 속에 생각보다 더 크고 중요한 공간은 카페였다.

지금도 많은 사람들은 카페에서 만나 사랑을 나누기도 하고, 토론을 하기도 하며, 짧은 헤어짐을 아쉬워하기도 한다. 17세기 말 파리의 중심가에 문을 열었고 지금도 변함없이 같은 시간에 문을 열고 닫으며 파리지앵과 여행자들을 반기는 카페 프로코프, 사르트르와 보부아르가 만나 사랑했고 실존주의 철학의 탄생처가 된 카페 플로르, 모딜리아니와 로트렉의 재능을 알아보고 따뜻한 자리를 내어준 로통드와 클로즈리 데 릴라. 그리고 외롭고 고통스런 짧은 생을 살았으나 그에게 예술적 영감의 원천이 되어준 오베르 쉬즈 우아즈 고흐의 집, 파리 미술관과 작은 골목에 자리한 카페에 이르기까지.

이 책에 소개된 카페 이외에도 파리에는 너무도 사랑스럽고 멋진 카페들이 많이 있다. 카페 벽이 온통 화가들의 그림으로 장식된 팔레트, 마레 지구에 있는 세비네와 부르고뉴, 밀랍 박물관 앞에 있는 카페 그레뱅, 루이 비통 재단이나 피노 컬렉션의 카페들, 생 제르맹 데 프레의 뤼므리, 샹젤리제 거리에 있는 푸케와 라세르, 영화 〈미 비포 유〉로 더 유명해진 몽 폴 등 파리의 카페들은 자신만의 이야기를 지닌 채 사람들을 반갑게 맞이하고 있다.

기호학자 롤랑 바르트가 '독자는 곧 작가'라고 이야기했다. 여러분도 이 책에 쓰여진 장소를 독자의 민감한 감수성으로 '다시 쓰기'해본다면 좋겠다. 그러면 여러분 모두는 이전보다 시공간이 훨씬 넓어진 것을 느낄 수 있을 것이고, 인생의 잊을 수 없는 추억으로 떠올릴 만한 멋진 순간을 갖게 될 수 있을 것이다.

카페는 커피만 파는 곳이 아니다. 파리 카페는 역사적으로 문학과 철학, 예술과 함께 시작되었고 성장했으며 사람과 사랑이라는 우리 모두의 인생에서 가장 중요한 가치를 함께 해온 곳이다.

무엇인가를 떠올리며 설레거나 미소 지을 수 있는 추억을 가진다는 것은 정말 멋지지 않는가! 그때 기분은 무척 행복할 것이다. 파리의 카페라는 공간을 통해 예술가와 문인들과 함께 추억의 여행을 할 수 있길 바란다.

철학자 가브리엘 마르셀은 인류를 호모 비아토르Homo Viator, 여행하는 인간이라 정의했다. 한곳에 머무르기보다 어딘가 낯선 곳으로 떠나고자 하는 본성이 자리한다는 것이다. 여행을 통해 인간은 사색하고, 이 사색의 시간을 통해 추억하고 성장할 수 있다.

파리는 낭만의 도시이다. 그리고 파리 카페는 이런 파리의 낭만을 가장 잘 느낄 수 있는 공간이다. 이 책이 파리와 파리 카페를 추억할 수 있는 시간을 여러분에게 선사할 수 있다면 좋겠다. 언젠가 파리에 가게 된다면, 이 책에 소개된 카페의 테라스에 앉아 파리의 낭만을 느낄 수 있기를 소망한다.

파리가 사랑한 카페

초판 1쇄 발행 2024년 7월 10일

지은이 최내경

주간 이동은
편집 김주현 성스레
미술 강현희 조선영
마케팅 사공성 장기석 한은영
제작 박장혁 전우석

발행처 북커스
발행인 정의선
이사 전수현

출판등록 2018년 5월 16일 제406-2018-000054호
주소 서울시 종로구 평창30길 10 (03004)
전화 02-394-5981~2(편집) 031-955-6980(마케팅)
팩스 031-955-6988

ISBN 979-11-90118-67-5 (03810)

- 북커스(BOOKERS)는 (주)음악세계의 임프린트입니다.
- 값은 뒤표지에 있습니다.
- 파본이나 잘못된 책은 구입하신 서점에서 교환해 드립니다.